追寻教育的幸福

冯俊意 著

天津出版传媒集团

天津人民出版社

图书在版编目（CIP）数据

追寻教育的幸福／冯俊意著. -- 天津：天津人民
出版社，2023.9
ISBN 978-7-201-19827-9

Ⅰ．①追… Ⅱ．①冯… Ⅲ．①散文集-中国-当代
Ⅳ．①I267

中国国家版本馆 CIP 数据核字（2023）第 181103 号

追寻教育的幸福
ZHUIXUN JIAOYU DE XINGFU

出　　版	天津人民出版社	
出 版 人	刘　庆	
地　　址	天津市和平区西康路 35 号康岳大厦	
邮政编码	300051	
邮购电话	（022）23332469	
电子信箱	reader@ tjrmcbs. com	

责任编辑	岳　勇	
装帧设计	肖景然	

印　　刷	四川科德彩色数码科技有限公司	
经　　销	新华书店	
开　　本	880 毫米×1230 毫米　1/32	
印　　张	6. 875	
字　　数	150 千字	
版次印次	2023 年 9 月第 1 版　2023 年 9 月第 1 次印刷	
定　　价	58. 00 元	

教书带给我们什么（代序）

教书带给我们什么？

可能在有些人眼里，这貌似是一个有点多余而不值得一提的问题，但在我看来，作为一个教师这恰恰是一个真正值得思索和回答的问题，不管你是主动选择当老师，还是阴差阳错当了老师。

我当年收到高考录取通知书，很多亲友一听是师范院校第一反应是有点失望，再问所学专业不是语文、数学、英语这些所谓主科就更是感慨——教书啊，还是副科。受他们这种世俗态度和价值判断的影响，以致在很长一段时间里，我的内心都留有淡淡阴影和无端的愧疚之情。现在人们对教师这个职业的看法可能有所改观，但偏见仍然是根深蒂固的。教书带给了我们什么？其实我一开始对这个问题也是没有自觉的意识，至今也没有完全想清想透，但工作逾二十年之后，对于教书这份工作多少有了一些切身的体会和感受，相对于之前有了更多的了解和认识，也就有了一些明确的价值追求和坚守。所以现在遇到有学生咨询师范专业的时候，我虽然会劝他们再三思考自身和现实，但更多的是给一些善意的提醒。

教书首先作为一种职业，带给了我们职业所相应具有的东西，包括薪酬、待遇和地位。又因为教书也就是一份普通而平常的工作，所以它能带给教师的东西也都是很平常的，教师也就不应对它抱有过分的期望和想法，尽管这些年来，教师的工资和待遇确实提高了，尽管国家有关部门一再提教师的收入要与公务员相当云云。当然，跟其他行业一样，教师的收入也存在明显的地区差异，城乡有差异，沿海内陆更有差异。在这里，我也不想跟一些人辩论什么，但无论如何请不要故意过度赞美和歌颂教书这个职业，过高的吹捧都是不正常的。过去，大家都在提什么"蜡烛""春蚕""园丁""工程师"，教师的地位和形象貌似很高大上，但实际情况如何见仁见智。如今，对这份职业的正常化认识已为越来越多理性的人所思考。我更赞同吴非老师的说法："教师是一盏灯，人的能力也许有差异，但我们多多少少能照亮一个学生一点点路，仅此而已。"他又进一步指出："教师先得照亮自己，审视自己走过的路，让心中充满光明。""我们教过的学生，在遥远的未来，会依稀记得我们那可能微弱的光亮，也就是说，他们已经能走得很远了。"（吴非《一盏一盏的灯》）把教师比作灯光，更理性，也更人性。

但是教书毕竟是一种与人接触的工作，对学生的成长影响巨大，所以教书又是一份不平凡的工作。在我看来，教师在陪伴学生的成长过程中，付出自己应有的努力，相对于其他职业，学生的成长成才可能会带给教师一些成就感，尽管这种成就感也是很"虚"的，却不是虚无缥缈的，它是真实存在的，由此教师的教育人生也就被赋予了一些不平凡的意义，这些不平凡的意义正是教师工作的价值所在。其实，人生岂能全部都由"实"的东西组成？太"实"、过多的"实"，岂不让自己的人生变得太过沉重而有可能下沉下坠？相反有时候，这些"虚"的东西，于人生而言也是很有意义的，甚至更有意义。比如慈善家做慈善，回报国家和社会，慈善家的这种荣誉感可能是虚的，却让财富变得更有意义和价值。

由此，教师追寻自己职业的成就感、幸福感，也是意料之中的。在现实感过于强的当下，我们谈论这些虚的东西听起来可能有些可笑，有些不合时宜。但是如果没有职业的成就感和幸福感，你选择教书究竟是为了什么？仅仅是为了养家糊口？仅仅是适合这份相对稳定的工作？又或者是迫于现实的无奈？退一步来讲，即使果真如此也无妨。在我的教书生涯中，身边不时有人或选择深造，或跳槽另谋高就，或调往更发达地区，这些也都是无可厚非的，谁不想追求更合适更好的职业和更高品质的生活？一般而言，更好更合适的职业让人更有归属感，高品质的生活也让人更有现实的幸福感。

所以作为一个教师，追寻教育的幸福，不是理所当然的吗？全国优秀教育工作者、四川省特级教师李镇西说："一个教师，是否'优秀'不是最重要，是否'卓越'更无关紧要，最最关键的是，是否'幸福'。"（李镇西《幸福比优秀更重要》）有幸福感，我们才能逐渐克服职业的倦怠感，才能在教育的路上走得更远。只是所谓的幸福，也是很抽象的。教育的幸福到底指什么呢？有人喜欢教书的安逸，然而真正的教育并不安逸；有人喜欢教书的稳定，随着教育改革的深入，教书也并不是铁饭碗；有人喜欢寒暑假，实际上教师早出晚归，有时在家也要继续工作，甚至现实中高年级的老师周末还要补课，寒暑假也不是凭空多出来的，就像企业都有休假制度一样。所以这些只是教师这份职业的一些特点而已，远远谈不上教育的幸福。

在我看来，教育的幸福应该是可感知可触摸的。一位教师，如果说教书能带给他成就感和幸福感，或许有以下三个方面：

首先是教书这份工作的特殊性——教师陪伴学生的成长，由此体验到育人成功的喜悦，这是其他职业所无法体验到的。许多在教书生涯感到幸福的教师都会感慨自己的一生没有虚度，育人无数、诲人不倦，此谓桃李满天下。教育家苏霍姆林斯基说："孩子们的快乐，对于我就是最大的幸福。"（苏霍姆林斯基《把整个心灵献给孩子》）叶澜教授也说："幸福是一种体验，是对教育中生存状态的一种高级的、愉悦的情感体验。"（叶澜《做一个幸福的老师》）教师的幸福是一种精神享受，来源于自我奉献。我们作为教师都曾经有过这样的体会，当学生毕业了，有学生说喜欢听你的课，遇上你是他的幸运，我们即刻感到满满的幸福。又或者有学生在我们的引导下慢慢发生了一些改变，我们也都会有成就感。马斯洛需求理论的两个最高层次分别是尊重需求和自我实现，在这里得到了充分体现，这是教师工作价值得到了肯定，同时也实现了自我的潜能和理想，也不一定非得荣获什么荣誉称号，当然能获得一些荣誉奖励就坦然接受，"因为这是教育给我们的馈赠"（李镇西《幸福比优秀更重要》）。对于教师，吴非老师一再强调："教育是富有理想的事业，从事教育的人一定要有理想。"（吴非《致青年教师》）所以作为教师我们不妨时常暗暗自问从事这份工作是否还葆有教育的理想？哪怕是一缕理想之光？

其次便是教书工作促进了教师个人的发展，实现了更好的自我价值。作为教师，虽然应避免"好为人师"，却也应该"善为人师"，为人师表是职责所在，"人师"也不是那么容易当的。一批一批的学生个体多样，这对教师本身就是一个挑战，所以才有因材施教一说。在这种不断变化的挑战中，教师自身首先就得不断发展，不然何以教授如此多样的学生？叶澜教授认为："**教师职业有一种独特的幸福——享受成长，而且这个成长是双重的成长。**"（叶澜《做一个幸福的老师》）所谓双重成长，既有学生的成长，又有教师自身的成长。我们很关注教师对学生的影响，其实影响是双向的，学生也会反过来影响教师。教师通过自身努力能成长为所谓名师名家固然是好，倘若不能，仍然可以通过挖掘自己，发展自己，最终成就自己。青年教师很容易把向他人学习，变成一味模仿别人，最终有可能失去自我。其实真正的成长，应该充分挖掘自我的潜能，应该像一粒种子一样，长出自己应有的样子，做自己，做更好的自己才是真的幸福。

最后一点也很重要，便是教师的阅读、思考和写作。教师在教书之余，能与书籍常相伴相亲近，这是很多职业无法企及的。教师应该多阅读、思考和写作，这已经为很多教师所认可。那些取得一定成就的名师，没有不热爱阅读和勤于写作的。李镇西老师就一直在强调——教师"要研究教育，不停地思考，不停地实践，不停地阅读，不停地写作"。当然这里的意思并不是说人人非得写作，成为作家，而是鼓励老师们尝试去多思考、多动笔、多表达。因为阅读是一种高级的精神享受，写作是一种创作活动，两者都会带来无比的愉悦。读书人不必都当老师，但老师不应是个读书人吗？况且教师的言传身教时刻影响着学生。在我看来，没有比阅读更好的事情了。唐诺先生说："*阅读能赋予我们最好的东西，便是那浩瀚无边的意义之海。*"（唐诺《阅读的故事》）教书这份工作的日常，既跟书籍打交道，又跟笔墨相亲近，读书与写作不是很自然的吗？有些老师总说工作忙没时间，这固然是一部分事实，但也实在是因为他们不懂得阅读和写作能给教师带来成就感和幸福感。

教书带给我们什么？往大处说，是教育的幸福；往小处看，仍有职业的成就感。如此，对读书人而言，教书焉能不算是一份比较理想的工作？教书焉能不算是一个理想？

目　录
CONTENTS

教育漫谈

● 追寻教育的幸福

教育不是文明的束缚

　　为什么要喋喋不休地谈教育？我不断地克制和提醒自己，跟很多问题一样，道理明摆在那里，不打折扣踏踏实实地做就是了，教育实在也是没有什么可谈的。虽然时下关于教育事业（是事业，当然架构庞大错综复杂）可谈论的问题很多，人人皆有话说，多少可以谈出点是与非，教育专家谈得，老百姓也谈得。但在我看来，教育事业虽事关国家根基，影响深远，然现在所谈的教育问题多属一时一事，如同时事，过后则不新，问题解决后也就无甚深意，有关教育的著作文章也就避免不了可怜的命运——终成"一时之作"。当然很多人本不在乎什么一时不一时，对此如何能说得清楚？

　　难道国人智慧关于教育的问题就没有真有见地的吗？答案当然是否定的。只不过在现有的正常途径，你很难看到痛快淋漓、一刀见血的表述，报纸杂志的文章是委婉含蓄得很，挠不到痒处，电视节目也很有限，只有网络稍好，多了一些有限的空间，或许能看到一些痛快酣畅的批判和建设性意见。屋里没有的，就应该到外面去看看有没有，开放的意义正在于此。

　　现代政治学家、教育家萧公权先生，曾针对 20 世纪三四十年代当时国民政府的"党化教育"的种种问题，提出强烈批评，鲜明地主张要有"教育自由"，实行"政教分途"和"学术独立"。萧先生认为"教育文化是一种前进的努力。愈是自由，愈能发展"。所以"政府何必干涉讲学的内容和学校的生活呢"？(萧公权《问学谏往录》) 政府还学校教育以自由，实是行政不得干预教育，干预实际上多是管理部门为了自己的所谓政绩罢了。还学校教育以自由，实际上也是还教师以自由，校长不得过多干预教师的讲学和授课，因为作为管理者的校长们并不一定是各学科的专家，这些道理是显而易见的。

香港城市大学校长郭位教授在凤凰卫视"世纪大讲堂"上讲《中国教育之道》时就建议学校教育和学生对待问题和学问要有研究精神，要有实验创新精神。

有很多道理，我们都是懂的；有很多道理，也只是常识而已。为何做起来就这么难呢？问题究竟出在哪里？我无言可对。就像很多人都知晓的哈佛大学校训"让真理与你为友"一样，吾更爱真理，做起来就不是那么容易，因为现实有阻力，有各种有形无形的障碍。

我不是教育专家，更不是教育家，只不过是在一线教书而已，这十几年来，耳闻目睹，身经感受，无时无刻不被教育的巨细繁杂大事琐事所困扰，也曾幼稚地胸怀想法，也曾困苦到濒临绝望，也曾痛恨甚至诅咒自己，无法改变环境，我只能憎恨自己的选择，厌恶自己的无能，后悔当初的种种，如此心底的煎熬只有自己深知，不足为外人道也。教书十年的时候，我就动笔写《十年教思录》，开了个头，终是搁笔作罢——我非教育家，我也已少激情，我的心是矛盾的，无法像别人那样讲得头头是道、滔滔不绝，我缺少接着述说下去的欲望。我不知道如何来形容这十年，庸常，或者是庸俗。我对教书已不再有什么理想，化为庸常和世俗。与俗世一样，便能图个心安理得，安然无恙了，毕竟我们也得生活，安然地生活。我有同学一开始的时候不满足于教书的现状，努力找出路，后来彻底放弃安于现状了，他说现在的心态不一样了，有老婆孩子，年纪也大了一些，过得去就行了，只想图个安稳。这一番话语很有代表性，早年痛苦的执着青年总是会老的，就得认输认命，内心深处不再有疼痛感，青年教师的棱角也被磨得光滑玲珑。一切澎湃的青春都归于波澜不惊。

我不谈教育一是自己不是专家，没有深究，没有发言权；二是身在此山，当局者迷，一两句话岂能说得清？说得清又如何，世事很多道理都明摆着，就是不见行动，这是什么困局，根源何处？但愿此文之后，我不再有谈教育的冲动。

对于教育，我们不妨多听听别人的意见。英国小说家劳伦斯指出，学校的教育就是要求学生"做一个与其他好孩子毫无二致的好孩子"，"学校犹如一套精致的铁路系统，好孩子们在那儿受到训练，懂得怎样沿着轨道走"，"他从来就没有想到自己是这条轨道的奴隶"。这是学校教育最大的误区。"做个同其他好男孩一样的好孩子，说到底就是做一个奴隶，至少是一个循规蹈矩的机械人。"完全与别人一样的人，"丝毫没有自己的灵魂"，"他们长大后是好人，但却一无用处"（劳伦斯《在文明的束缚下》）。他的言语未免偏激片面，然而很值得我们深思。我们现在的教育不也是这样做的吗？

"童话大王"郑渊洁对儿子的教育及发表的一些对教育的看法为更多人所熟知，他在文章里说："我发现人类只有两种思维方式：创造性思维和复制性思维。我认定在这个时代只有创造性思维是能够导致孩子日后出人头地的基础。"（《郑渊洁随笔》）

学校不应该是培养复制性思维人才的地方，而应该努力培养学生的创造性思维，香港城市大学校长郭位教授也呼吁内地学校应该重视创新实验精神的培养，而不是一味追求考试的分数。全国人大常委会前副委员长、九三学社中央前主席韩启德院士在回忆大学读书年代时就"很后悔"当年读书太"乖"了，他说："大学时我能背出几厘米厚的《解剖学》课本。但是我花了太多时间在'念书'上，'歪门邪道'太少了，所以我的创新性不够。"这是过来人的肺腑之言，回首过往，韩院士语重心长地说："如今，我早已忘了当时背的《解剖学》，而背得越多，创新思维也越受限制。""人要守纪律，但一定要张扬个性。"他还列举了爱因斯坦的话语："徒有专业知识，只不过像一条训练有素的狗。"但在现时应试为中心任务的环境下，学校师生为考试成绩疲于奔命，培养创造性思维从何谈起呢？从幼儿园开始，从小学开始，从中学抓起，还是从大学做起？哪个阶段没有考试的巨大压力，哪个阶段有培养创造性思维的空间和时间？没有创造性思维的养成，何来知识的进步和科技的发展，何来国人热望的诺贝尔奖，何来教育的真正成功？

如此，教育实在是算得上举足轻重的伟大事业，深深影响着国家民族的未来。但是目前教育存在诸多问题，层层迷雾，重重障碍，这需要为政者深思，从业者挣扎，如同国家的继续改革，痛并前行着。教育不是文明的束缚，不是对学生的束缚，不是对教师的束缚，束缚的教育哪有自由，没有自由自在的生长，教育这棵百年大树如何长成？要知道，待到大树长成日，才是国家真正强盛、国民真正幸福时。

（载于《师道》，2018年第7期）

班会课，让我们上山去！

　　新学期伊始，一个外地教书的大学同学问我要班会课课件，她说自己已经很多年没有当班主任，这学期又要当了，她以为我一定积累了很多班会课课件。事实是，虽然连续做了好些年班主任，但我并没有保存多少课件，平时上班会课也不大用课件。她将信将疑，失望之余可能还觉得我不够热心。

　　是啊，身为班主任往往为班会课而烦恼，不知如何"打发"这每周一课。偶尔因故占掉一节班会课，很多老师都由衷地拍手称快，长舒一口气：谢天谢地，今天总算不用上班会课了！学生呢？我没有做过调查，但据我所知，一般的学生也不大喜欢上班会课，认为班会课就是挨批评、听道理。他们自幼儿园到小学、初中，到现在高中，上了无数这样的班会课，被许许多多老师念叨，包括科任老师苦口婆心的"教育"。可以说，什么样的班会课他们没有见识过啊。如此，作为一个班主任，你的班会课能"好"去哪里，"新"去哪里？我们都怕上班会课！我们都怕上这样的班会课！这里的"我们"，或许可以包括很多在校师生。所以学校有时要选人上班会公开课，都是件非常头疼的事。因为大家都不愿意上这吃力不讨好的班会课。回想自己当班主任之初，也是这种心态。

时下的班会课，归结起来大多上成了思想教育课、问题说教课，好点的是青春励志课，不过很多的励志故事往往老土又老套，公式化明显，你下一步想说什么话，学生早已猜到了，这样的课他们已经见惯不怪了。这样的班会课效果几何？实在是很值得我们思考。我不知道世界上一些教育先进的国家学校德育是如何开展的？有无班会课？假如有又是怎样的班会课？他山之玉，可以攻石不？

我所看到的是，我们众多的班会公开课精心设计、主题鲜明、立意明确、内容丰富、花样百出。现实的情况呢，我不禁想多问一句：平常你是这样上班会课的吗？据我所知，很显然不是的。若平常真实的班会课并不是这样上的，那公开课又何必如此呢？说得不好听，这是公开作秀啊。我们为何不能还教育平常和真实，扎扎实实做些实在的事情？我也很佩服那些参加各级各类班主任技能大赛的老师，在限定的时间内，比拼班会课教学设计、成长故事讲述、情境问题解答，这不仅需要能言善辩的口才、临场应变和借题发挥的能力，更需要很高的理论水平和很强的专业素养，我自己在这方面是很弱的，只能经常望"赛"兴叹。倘若把我推到比赛的前台，我一定是手足无措、木讷若鸡、苦不堪言的，而且自己也讲不出什么感人至深的成长故事来。在我自己有限的班主任工作经历中，成长的"事故"和碰壁的教训倒是有一些，可惜这些都不是拿得出手的成功故事和经验之谈。

当然，我自己也上过几次所谓的班会公开课。起初，我也是按部就班，有板有眼地去上众人心目中的班会课。但是后来，我渐渐有了反思，有了自省意识，我开始厌倦这样的公开课。我很迷惘，我不知道这样的课真正的意义在哪里？是如有关部门所说的促进德育工作的教研？还是让参与的学生深受启发和教育？好像都是不那么乐观的。而且当下，有些班主任上班会课过度依赖课件，就好像有些老师离开课件就不大好上课一样。说实在的，一开始，我也有些迷信课件，好像课件在手，成功在握一样。但做了两三年班主任后，我就开始形成了自己的认识，逐渐自觉起来，我主动拒绝这样的班会课。所以我的班会课不上则已，一旦要上，我都尽量放手让学生自己来组织和开展，我希望他们把班会课上成活动课。是的，我希望是活动课现在的学习生活太单调、太枯燥、太缺乏活动了。这样的活动课是不必过度依赖课件的，更重要在于学生的参与和体验的过程。现代教育心理学主张，我们付出的爱应该是孩子们所需要的爱，而不是大人们认为孩子们应该接受的爱。考虑到这一点，我们就应该多多换位思考，学生真正需要什么，他们喜欢什么样的班会课。当然，我也见过有的老师确实有成套成套的系列课件，运用起来得心应手，好像效果也不差，而我自己则更喜欢把班会课上成活动课。活动课，顾名思义是大家一起来活动，于活动中加深体验和认识。苏联教育家苏霍姆林斯基认为，我们"不仅要理解他们的精神世界，而且还要学会用他们的思想和感情来生活，把他们的忧伤、焦虑和为之激动的事情统统装在自己的心里"。游戏和玩耍是人的天性，更是孩子的天性。学生是非常乐意参与到符合他们年龄和个性特点的活动中来的。

其实在平时，班主任应该做个有心人，一旦发现班上有什么问题就应该利用一些时间及时和学生沟通交流，不必凡事都如此大动干戈地拿到班会课上去讲。我更愿意把时间尽量还给学生。我理想中的班会课，就是要大胆放手，以学生为主体，可以让学生来组织，也可以由老师来引导，总之积极调动学生参与到班会活动中的兴趣，这也符合时下最时髦的所谓"核心素养"。自此，我再也不会为班会课而烦扰。相反，倒是很珍惜每周一节这样的时间来与学生分享、参与到他们组织的活动中去，美其名曰"和学生打成一片"。

具体来说，我的班会活动课有以下3种：

一是跟他们分享美好的东西，个人认为所有美好的事物包括文学、音乐、电影等都是有意义的，均可以拿到班会课堂来分享，我常常和他们一起欣赏电影或视频。这么多年下来，我和历年历届的学生一起看了很多电影，比如大家比较熟悉的有《放牛班的春天》《地球上的星星》《小鞋子》《天堂电影院》《暗恋桃花源》《蝴蝶》《三傻大闹宝莱坞》等，也一起观看了一些名人的讲演，我甚至也播放过一些较冷僻的如"中国水墨动画"、选播白先勇的青春版《牡丹亭》一些片段等。不管是电影还是视频，我的选择标准首先是要生动好玩而有意义（当然有些比较严肃或沉重的素材也是很有教育意义的），因为这些毕竟要贴近中学生的生活，用时下的话来说就是要"接地气"。可能有些老师对看电影和视频持保留态度，但事实证明，这并没有明显影响学生的学习成绩，学生的为人处事也没有出现什么明显的不当。现在的学生不是懂得太少，而是被枯燥乏味的应试读书逼得没有时间和空间来思考、感受美好的东西，不是吗？相反，这么多年下来，我自己所带的班级学生大多懂事明理，成绩优良。多年后，仍有很多学生会记起当年大家一起欣赏过的电影，有时还会谈起某些感动的细节，甚至感慨地说何时能再相聚在一起重温《暗恋桃花源》。很显然，电影留给了他们很多感人的记忆，给他们当年忙碌紧张的学习生活带来了一些情感上的慰藉和温存。真正能吸引人打动人的电影和视频，其潜移默化的作用，是为师者的说教不可替代的。

二是组织班级活动，我放手由班干部去组织班集体活动，即便是纯粹的玩耍也是没有关系的，它也能起到调节情绪、放松心态的良好作用。总结起来，他们曾经组织了歌唱活动、才艺展示、游戏、小品表演、自画像活动等。只不过，活动一般都要经过提前计划、周密部署，比较花费时间，负责组织的班干部要付出时间和精力，而班主任老师要做好指导和跟进。实践证明，班级活动既锻炼了学生的组织能力和行动力，又增强了班集体的凝聚力和向心力，是非常有意义的事情。在这个过程中，学生的自我管理能力得到锻炼，民主决策也得到实践，因为班级活动需要全班同学的积极参与，就要争取得到全班同学的支持，这就很考验班干部的组织能力和全班同学的民主商议能力。现在回头去看，我觉得，班级活动的意义正是多重的。

三是走出教室的活动。我曾经跟年级申请，组织全班同学利用班会课时间在课室外面的几个花槽种花种草，这也是一个挺有意义的活动。春天来了，课室外的向日葵慢慢地发芽、长叶直至开花结籽，这种美好的情境一直保留在同学们的记忆中，多年以后，仍然有很多同学一提到向日葵就会心地笑了。向日葵，也象征着乐观、向上、美好的班集体，对于这个班，后来我还情不自禁地写过回忆文章以纪念一起经历的种种美好。还有当时各小组同学所种的花花草草，亦是一种难得宝贵的体验和认识。由于我所任教的学校有一座低山，山上有茂密的桉树林，生态环境非常优美，有此天赐条件，结合我所学的地理专业，尽管这几年都是在高三任教，征得学校相关部门的同意和支持，我仍然利用班会课时间带了好几届毕业班的同学上山开展实践考察活动，活动的效果意外地好。很多同学都表示非常喜欢这样体验式的活动，比如2018届的李同学说："上后山实践和考察，真是非常难得和很有意义的活动。平时的知识大多来自课本，很少能真正去感受，不是不愿意只是缺少机会。这次的活动是和大自然的一次拥抱，是对久违的好奇的一次探索。在解放身心的同时，还能开阔眼界、学到知识的活动是很受欢迎的。"陆同学说："在高中的第三年能够有这样的机会亲临大自然，和同学们经历这次小小的'旅行'，还是蛮兴奋的。在我看来这次的活动不仅仅是一次实践活动，更是给高中三年留下了一个印象深刻的美好时光。"当然，把学生带到室外开展活动，一定要注意安全，这往往需要做好周密安排，在确保户外安全的前提下进行，也就需要提前做好考察和相关准备。

总之，多年下来，我所用的班会课课件是寥寥无几的，活动的资料、素材和想法倒是有不少。我越来越觉得，我们要相信学生自己，用苏霍姆林斯基的话来说就是"要相信孩子"，这句话在有些人眼里虽然老土，但真理永远不会过时。其实，作为学生尤其是中学生，他们懂事明理，有判断力和价值认可。而作为班主任，我们要做的便是让他们接纳你、认可你，甚至喜欢你，能做到这一点，班上的所有事务何愁不能顺利开展？你所点醒他们的所谓人生道理又何愁没有人听？其实我们会发现，一些做得比较成功的老师一定是跟学生关系良好的老师，遑论深受学生喜爱的老师了。我个人觉得，作为老师我们不是要去刻意改变他们什么，而是在陪伴他们成长的过程中引导和唤醒他们作为个体的生命自觉，激发他们的潜能，用一句时下很普遍的话来说就是——做最好的自己。教育名家李镇西老师之所以为人称道，在我看来，是因为他对学生真挚而持久的爱，由此真正能跟学生"打成一片"，他们一起开展各种各样的游戏和活动，一起经历学习生活的起起伏伏，这样的老师，数十年如一日，即使身为校长亦如此持之以恒做班主任，放眼全国，试问你能找出几个来？知易行难，纸上谈谈可以，做下去大不易，坚持不懈地做下去大大不易。我个人认为，少些现实应试的功利性，或许我们可以做得更好。

当然，学生在成长过程中必然会遇到很多困惑和困难，有些是个别的，有些是共同的，我们便要加以区分对待，及时给予帮助。我所知道的，老师们的一般做法无非如此：个别的，要谈心、要交流；共同的则在班上作交流和沟通，这是诚恳真挚的交流，以真心待学生，关爱学生，这样的班会课又何须拘于哪种形式呢？只要对学生有触动有帮助，班会课的形式不妨多样，可以是很传统的课堂模式，也可以是其他形式，当然可以是活动，也可以是非活动。总之，适合我们自己就好，包括适合老师，也适合学生。这实际上就是在做我们自己。只是对于我自己来说，我更喜欢用上述的活动形式来开展自己的班会课。

班会课，让我们上山去！老师，你不是高高在上的布道者、说教者；同学，你也不是聚在山下一味地做一个听众和观众，你们应该都是参与者，一起攀爬到更高可能的人。起身，让我们上山去吧，至少爬到高地上去！这样，我们的教育活动也就有了一些高度，值得我们用心向上攀爬，值得我们仰望！对于我来说，这样的教育设想和境界，虽不能至，心向往之。

（载于《师道》，2019 年第 4 期）

那些我曾经念给孩子们听的诗

我不是一个诗人。作为一个读者，我只是特别喜欢读诗（这里说的是现代诗，当然古诗也是我非常喜欢的），当我沉潜进诗的世界时，我的精神有无上的愉悦和充实，我于平庸之中好像感受到了所谓诗意的人生。这或许正是所有阅读的体验感带来的精神享受。虽然自己对诗歌没有专业的鉴赏力，但凭着一己之感觉，喜欢就是喜欢，读没读懂，关系已不太大，我享受着读诗的美好过程。作为一个爱诗的读者，慢慢地，我对诗歌有了自己的嗅觉、趣味和眼光。

一般人都说，现代诗不容易读懂。是的，但是真诚写作的诗，那些真正的好诗，总会有其阅读的门径和线索，诗歌的阅读是其他阅读所不可替代的。诗因其文字的高度浓缩，作为文学的一种，有其更高的艺术性。所以有诗人称读诗也是体力活。在我自己有限的阅读里，穆旦、冯至、顾城、海子、北岛是我喜欢的，西川、于坚、王家新、黄灿然是我喜欢的，洛夫、陈黎也是我喜欢的，这些诗人群体随着阅读而不断扩大。对于我们这些不懂外文的人，外国诗主要靠翻译，译诗等于是另一种创作。在我看来，诗人的译诗更像诗，我也就更喜欢穆旦、北岛、王家新、黄灿然、陈黎他们的译诗，比如里尔克、米沃什、兰波、聂鲁达、特朗斯特罗、布罗茨基、辛波丝卡、阿巴斯等的诗集。读译诗当然有风险，即便是诗人们自己的诗不是同样存在着各种各样的误（解）读吗？但这些都不影响我们读诗，因为诗本身就有多种可能。

除了读诗，偶尔我也以写诗的形式记录自己工作和生活的点点滴滴，多年来从未间断。尤其是有了微信以后，更加方便我随时随地记下自己的所见所感，和如火花般一闪而过的胡思乱想。只是，为了不影响朋友圈，最近几年我都把诗写在私密里，只有自己才能看见，可以不时阅读和修改。写的诗越多，感觉自己的生活越充实，人生越有意义。我曾在一首小诗里写道：

公园只是一个场所/下午只是一个时间点/无论正在做什么/心里涌出了诗/就把它写在微信的私密里/仿佛/这个公园有诗/这个下午没有白过

说到自己写诗，最早可以追溯到高中。读高中时，自己曾经在当地的报纸上发表过一首诗，具体写些什么已经不太清楚了，只记得好像是一首以蛛网暗喻岁月的诗。此后，自己再无正式发表过诗，虽然一直还在摸索着写，纯粹只是因为喜欢，如同自己一直喜欢读诗一样。有些人喜欢读诗、写诗，或许只是青春期的驱动，过后对诗便不再那么敏感。而自己一直非常喜欢读诗和写诗，在别人看来或许是幼稚，是无谓，但多年来自己至少在这个过程中感受到了诗歌的纯净和美好。或许也因为工作的关系，作为一位教师，我们时刻跟孩子在一起，不知不觉跟孩子的青春世界融合在一起，因此笔下诗的世界也变得单纯起来，甚至对生活充满了很多幻想。

由于自己特别喜欢诗，除了给班上的孩子推荐书籍以外，我还喜欢有时把自己写的诗念给他们听，与他们分享自己的一些感想。虽然事后想来有些汗颜，也想过这样做是否妥当，是否有一味强加给孩子们的意味，但通过对孩子们的了解，我发现他们也喜欢听，喜欢围观，甚至"起哄"，所以我也总是以游戏的态度自我调侃，如此，自己跟他们的距离也比较近，关系尚好，也就时常会忍不住厚着脸皮念自己写的所谓的诗了。这么多年过去了，这些念诗的经历都成了自己记忆的一部分，如今，边回忆边省视，自己便多了一些个人的感受和思索。

十年·十二年

《十年的月光》是一首关于中秋节的诗。由于自己外出读大学后因离家很远，就再也没有回家过过中秋节，按此推算，这应该是自己工作第六年写的，彼时已连续教了三年高三。作为一个离家的游子，经常回不了老家，与亲人的团聚便常常是一种奢望，一种无奈。所以借中秋兴感叹便是自然而然的了。

十年的月光/太久/会变成银/银的记忆/沉入了生命的海

这是银色的回忆，儿时中秋节的记忆，已成为生命中不可分割的一部分，在心底珍藏起来。我跟班上的孩子感叹过自己已有十年未能回家过中秋节了，心中有淡淡的哀伤。彼时也尚未结婚成家，所谓的家也是指老家，故乡。

所有的人物、图景、故事/都涂上一层月光/银色的装饰/甚至/索性化作月光/清风一样轻/夜色一样柔

由于远离，记忆中的东西总是那么美好、轻柔。那是因为童年、少年时光和故事是美好的，由于距离走远了，便变得轻柔飘逸起来。

　　尽管是轻、是柔/却也银一样的沉/压在了心头//后悔/没能收一段当年的月光/珍藏/而今夜/满地的月光/是重重的霜/无法捡起

　　但现在却是银一样沉重，游子思乡是诗歌永恒的主题之一。这首诗也并无特别之处，只是我自己人在异乡，又连年在高三工作加班，更加没有多少时间可以回家，心里不免慨叹起来。由此，我也告知孩子们，以后他们也一样会面临这样的境遇——中学阶段离家尚不算远，可以陪父母家人一起，等到外出上大学了，渐行渐远，为工作和生活奔波就更加身不由己，就像香港那首老歌唱的那样："我哋哩班打工仔!"（《半斤八两》）其实，这多多少少也是所有人的人生轨迹——长大后便会离开，离开家，离开父母，为了所谓的诗与远方。或许，世上根本就没什么诗和远方，有的只是我们的内心。所以我想提醒他们要珍惜，珍惜青春，珍惜家人。中秋给了我们这样一个念想。

　　写《再过十二年》的时候教书已十二年了。想来是某个晴天的下午，坐在图书馆前的荷塘边写的，然后在班上静静地念给孩子们听，巧的是，那年孩子们也是在高三。诗比较长，节选如下：

　　再过十二年/我是否像今天下午这样/静静地/坐在荷塘边/看这一塘荷叶//白的是光亮的水面/黑的是荷叶大朵大朵的倒影/水面折了的荷/早已褪了绿的色/当暮色渐起/只剩黑白之间//……年轻的学生们在远处操练/倩影倒映着水面/没有风/只有喧嚣后的静寂//一年之后/再过十二年/我是否还像今天下午这样/静静地/坐在荷塘边/看着/这满塘荷叶

　　坐在教室里看着孩子们，就像我坐在图书馆前的荷塘边看着这一池荷叶一样。他们即将远行，我们还会留在原地，这是我们

所有老师的使命和宿命。学生寒窗十载，我教书十二年，此时的我已不再是青年教师，青春回不去了。职业的倦怠感时时来袭，在暗处会吞噬我的心。对此，我非常敏感而警惕。好在跟孩子们在一起，我会反思，在工作和生活中找到一些支撑点和平衡点。走到今天，虽未有"再过十二年"，但我一直还在做班主任，此后至今几乎从未间断，"静静地"看着一批又一批的孩子来了又走，如同当年"静静地/坐在荷塘边/看着/这满塘荷叶"。

当时班上的范同学曾经写道："你的《再过十二年》我也有共鸣，或许与你比，我们应活得简单且坦然，但拒绝空虚，要有意义。这也是体会到你与我们打成一片，亦友亦师的感受。我们青春的十八岁，其中，我们的回忆中有你，我们的人生有你参与。不论那争吵、拼搏、开心的日子，让我们与你一起继续并肩前行。"孩子有这样的认知和感受，吾夫复何求？

没有一朵浪花是相同的

那一年，坐船泛游西江，一时兴起，写了一首游戏之作寄远方的朋友，诗写得不好，但孩子们听了哈哈大笑，觉得好玩，这便是《没有一朵浪花是相同的》。此后很长一段时间，班上的孩子都在调侃这一句"没有一朵浪花是相同的"，它竟成了一时的口头禅。运动会的时候还被制作成班级大本营的海报标题，传为笑谈。这海报的照片我也一直保存着。

船游西江/两岸的青山/云烟过/闹哄哄的游人多在打牌玩耍/景色是看腻了/江山风月与我们无关，无须多情/平静的水面/飞舟激起大扎大扎浪花/美和喧哗/瞬间消逝/没有一朵浪花是相同的/浪花没有一朵是相同的/相同的浪花是没有一朵//朋友/此时，我在西江的船上想着你/西江，终流大海/朋友，你那的大海/也是没有一朵浪花是相同的吗？

其实我想说的是人生很多东西是不相同的，就如我看见的西江上的浪花一样。后来，朋友读到这首诗，倒是说了一句很有禅意的话："也没有一朵浪花是不相同的。"其境界更高。他强调殊途同归、万物归一，我看到想到的却是差异。孩子们，不，何止孩子们，我们每一个人都是一个个不同的个体。不同恰恰是我们存在的自身价值。当然，相同与相异，本是事物不可分割的两面，也就不必深究。

五月的春天

还记得 2019 年高考的前夕，翻看日期竟然还是 5 月 20 日，因工作需要自己要外出培训几天。出发的前一天，我忽然很有感触，写了一首应景应情的《五月》，在自己任教的两个班上大声念出来，作为临行前的别语。在孩子们真诚的掌声和笑声中，我想告诉他们，五月春暖花开，未来风雨兼程，请带上我的祝福。

五月/栀子花开了/石榴花开了/满树的白玉兰开花了/鸡蛋花朵朵向上欣欣然/一路走去/繁花开遍/花香飘逸春风里/没有比五月更温润的/没有比五月更让人爱的/温润可爱的你们//在风里，

在雨里/五月的阳光/照亮你们青春的脸/也将照亮你们/风雨兼程的远方

庚子年春开始的网课学习模式下，4月的一次线上模拟测试孩子们的成绩很不理想，心情异常沉重。这样一群高四的孩子（复读生），面对疫情的不确定性，窗外春雨绵绵无尽期，更加重了内心负担，人生仿佛充满更多的不确定性。考后的线上主题班会要进行质量分析，我把班会课的主题定为"春天的思考"，真的很切合彼时情境。跟孩子们一样，我内心也有很大压力，但是我相信他们。我也想明白无误地告诉他们，努力不会白费。由于自己从来也不是煽情的人，只想温情地激励他们，陪伴着他们，故此，有感而发，一气写成这一首短短的《春天》，在班会课的最后通过"看不见的"网络念给他们听。

春天走了又来/那是因为，希望/一直都在//孩子，春天的风雨/有何惧怕/你们的青春年华/早已写在春天里！

虽然大家彼此看不见对方，但通过网络连线和屏幕，我希望他们听得到我的心声。这也是我带过的一届最特殊最艰难为青春梦想而努力的孩子。我相信，庚子年的春天，也是举国上下所有人经历最独特的春天，但既是春天，就必然孕育和充满着希望。

虽然我的诗写得并不高明，但诗是我跟孩子们交流的一种方式，虽然也有可能只是我自己的一种自作多情。我也曾经在一次班会公开课上念过一首自己写的关于梦想的诗，因为那次的主题正是关于青春和梦想。听课的老师或惊讶或赞叹或疑惑，我竟然够胆在课堂上念自己写的诗，其实，那是因为我喜欢为孩子们写诗，我把自己内心的话写在诗里。

诗人在普通人口中有时竟变成了贬义词，什么"愤怒出诗人""诗人性情"，诗也离普通人好像很远了，甚至很多读者也不再读诗了。学生接受诗歌的教育和熏陶也仅仅来自语文教材和课堂。我们对诗已经失去了敏感，遑论热爱。作为曾经诗的国度，诗教传统源远流长的国家，诗对我们生活和心灵的作用是毋庸置疑的。诗要先感染自己，熏陶自己。多年来，我只是写诗念诗给他们听，为沉闷乏味的高中生活，尤其是高三生活抹一点不一样的淡淡的色彩而已。

作为一个文科老师，那些我曾经念给孩子们听的诗，首先是为自己写的，为生活写的，念给孩子们听，是因为喜欢与他们分享，虽然很可能是一厢情愿的事情。此外，我更是用诗记录了自己的教学教育工作和生活，也记录了自己的心路和精神历程。这也许就足够了。

（载于《师道》，2021年第2期）

教师的三个阶段

5月，对于高三的师生而言，即将进入期末，很快又是一年一度的毕业季。学生毕业离去，我们老师除了目送，还将一如既往地留在原地。忽然，我的内心有了一丝惶恐，是无奈，是不舍，也是虚无，多么矛盾而复杂。在我看来，教书就是这样一份普普通通又充满意义的工作。作为中学教师，我们陪伴学生一年，两年，至多三年，从陌生、熟悉，最后假如能够到达默契，彼此融洽无间，这实际就是人与人之间的相处。正当大家慢慢熟络、亲近起来，却又到了离别之时。学生尚好，他们年少青葱，可以在更广阔的天地自由自在地翱翔，可以无畏无惧。师者，年复一年，迎来送往，跟一批又一批的孩子短暂相处，重重复复无穷尽也，人人都说这是桃李满天下，你自己却也清楚这何尝不是平平淡淡蹉跎人生，如此，师者算是炼成了，此谓老师。

当局者迷，旁观者清否？如果我们偶尔跳出来，反观自己，是否会多一份认识的清醒？不知不觉，无惊无喜，自己也早已从一个青涩的青年教师变成了如今成熟的中年教师。工作二十年，我有幸抑或不幸自始至终在一所学校任教，从它建校伊始，历经二十年的生长，我亲眼看见一所学校的建设和发展，我目睹一所学校的教师、领导、学生的变化，凡我所接触的、了解的、浸染的、思及的，无不是这学校。我身在其中有过切身的感受、肤浅的认识。所以以下所及基本都是我在这样一所学校的个人所识、所思和所想，狭隘和偏颇在所难免。

在我看来，铁打的营盘流水的兵，学生如流水，一所学校除了基本的基础设施（此谓硬件）以外，学校就是由教师队伍组成的。教师一般都由青年教师、中年教师、老教师三个梯队组成，有梯队才有传承，学校是需要不断传承的地方，往好处说是校园文化积淀，往高处说是薪火相传。实际上，一位教师本身也会经历青年教师、中年教师、老教师这样的成长阶段。一所学校，青年教师、中年教师、老教师并存与教师本身的成长阶段相互交错，这就是我所说的教师的三个阶段。之所以要提这三个阶段，是因为一来这是客观事实，二来教师的教书生涯历经这三个阶段各有特点却是有机的、一以贯之的。作为教师，如果我们有这样的认识和自觉，或许可以更好地认识自我（虽然很难），做更好的自己（这当然更难），虽不能至，心向往之。

严格来说，教师的三个阶段并没有办法划定明显的界限，也不易将本是连贯的职业过程割裂成三段。本文不是学术论文，不以年龄精准设限，而且实际上每位教师的成长历程确实也有差异，有先有后，可快可慢，这也无妨。因此，本文所指的青年教师、中年教师、老教师都是就一般约定俗成的普遍认识而言的。

青年教师年轻有活力，初为人师，新执教鞭，一切都是新鲜的，所以他们在工作中充满激情，少教条，如此跟学生相处较少隔阂和距离，学生就更容易亲其师信其道。青年教师如果肯努力，往往教育教学业绩显著，不比其他老师差。实际上，青年教师或尚未婚嫁，或家庭负担不重，所花在工作上的时间多、精力足，就更容易出成绩了。但这种因年轻而葆有的激情和活力能不能持续下去，能持续多久呢？回想当年，笔者所在的这所新学校，该年就一次性录取大学毕业生多达四十几人，学校一下子成为区（当时还是县级市）里教师平均年龄最年轻的学校。我们这些年轻老师几乎全部住在学校教工宿舍，以校为家。白天晚上都在学校，而且学校又地处比较偏僻的城郊，有事无事我们都会到班看学生、辅导学生，到办公室坐班备课、做事，这成了常态。学校一开始的几年教学成绩斐然，发展迅速，如果这可以说是成绩和发展的话。作为青年教师，我们都被"委以重任"——做班主任，所教班级比较多、工作量大，笔者曾有一年执教高一年级九个班，一周五天十八节课，还不包括看自习、值晚修等其他任务。广府地区有一句俗语："新人新猪肉。"或许，任何地方任何岗位都会有这样相似的现象和不成文的规则？

青年不是头脑简单没有烦恼，时间一长，青年教师也会产生困惑和疑问，特别是刚刚跨出大学校门，对社会和工作还有一些不适应。记得工作的第一年，我每隔一段时间都会回大学母校，有时候看看老师，有时候就只是回大学校园走走，因为那里是当年读书的地方，曾有过自己的青春梦想。在工作的头几年，困惑迷惘的我曾用手中的笔写下不少所谓的"诗"，比如述说苦闷："日子不长叶/不开花/南方的小树/要枯萎"，比如心底里渴望自由："没有自由的翅膀/生命永远不会飞/原地打转/是一种堕落//不能没有自由的声音/无法呐喊/只能在沉寂中没去//生命要在花丛中起舞/像蝴蝶一样自由"，比如直接发问："青年教师，你丢失了什么/三年，五年，还是更多/你们丢失了什么"，这些文字无论是幼稚、苍白、单薄，还是冲动、偏激、可笑，无论是叩问彼时的青春，还是表达心中的苦闷，都真实记录了自己作为青年教师曾有的心路历程。

这种青年时期的不适和困惑应该是真实存在的，而不仅仅是我一个人独有的。同来的那批年轻人，后来陆陆续续有多人选择了离开，离开此地，离开教书岗位，各走各的人生路。我也有过离开的念头，只是一无足够的勇气，二来随遇而安的性格所致，终是在犹豫徘徊中原地踏步，后来也比较迟结婚和买房。事实上，我们更多人留了下来。有时虽也有一些不满和不安，大多却迫于现实和无奈而无力改变，终至成了今天这个样子。或许，隔行如隔山，各行各业都有本难念的经，都是看着别人好，得不到便是最好的。青年教师也是"多年媳妇熬成婆"，逐渐长成了一位成熟稳重的中年教师。

"我向着影子奔跑/以为是向着美好/一个人还傻傻念着心中理想/中年的晨钟早已敲响/我——不再青年"。我也不知道自己是何时开始明确意识到自己已是中年教师的。也许是看到更年轻的人陆陆续续来到，也许是自己竟然也被安排变成了青年教师的所谓师傅，也许是工作多年后自己陆续有了一些可有可无的荣誉称号，也许是自己的心态越来越稳定，诗也写得越来越少？这些都是作为中年教师的表征吗？总之，自己早已过了青年教师阶段了。与青年时期不同的是，至少现在的自己能够比较淡定地注视和观察周围的人与事，渐渐也有了一些自己的看法和想法。在我看来，中年教师既有经验，又有精力，有自己的见解，有时还有创造力，这理应是教书状态最好的时期。我看不清楚自己，我也不是优秀中年教师的代表，但我身边的中年教师大多如此，他们能干，会思考，有想法和主见，不轻易盲从和迷信，往往是一所学校的教学骨干和管理中坚。

中年是人生的壮年期，往往上有老下有小，是家里的顶梁柱，所承受的压力也可想而知。在学校，与青年教师不同的是，中年教师成熟善思，遇见不平敢于说话，教学教育大多游刃有余，经验有之，精力有之，思想有之，这个阶段确实是师者教书生涯的鼎盛时期。但是物极必反，顶峰过后便极易走下坡路。中年教师的危机或许就是看惯职场风云和人事变幻，凡事渐渐看淡，容易产生职业倦怠感，不能警觉便可能会滑向懈怠和平庸。我自己的日记里也曾一度记有这样的心绪：厌倦了读书，厌倦了工作，厌倦了说话，厌倦了交往，厌倦了厌倦。这是危机，中年的危机。我不知道别的中年教师是否曾有过这样一些危机的苗头，但想来职业的倦怠感却不是什么新鲜事。一份工作做久了，自然而然容易产生疲惫、厌倦乃至懈怠，如果找不回工作的动力和价值所在，就会发生动摇，背离初心。危机需要克服，需要处理，度过了危机，便有可能到达一个新的境地。就算处于此种危机中的中年教师什么都没有做，流逝的时间本身也可以起到这样一种作用，静静地流淌，顺其自然，自然生长。张中行老先生的《顺生论》一书，不乏这样的人生智慧。

俗话说，家有一老如有一宝。老教师对于学校也可作如是观。老教师经验老到，富有智慧，心态多比较从容和超然。老教师教育教学风格早已形成，教了大半辈子，桃李满天下，荣誉加身，多已成名师和学校名片。一般而言，所谓的名校不就是名教师多吗？近几年，自上到下各地都在开展各式各样的诸如"名师工程""名师工作室"之类的活动，其人多为老教师和中年教师，也只有他们才够资历和能力，这也是无可厚非的。这样的活动初衷是好的，通过骨干教师和名师确实可以带动其他教师尤其是青年教师的成长。全国知名度高的，有大家耳熟能详的名师如于漪、李镇西、魏书生、吴非等。但也有人对名师提出过质疑，质疑他们的话语权，质疑他们发挥的作用。其实，名师的带动作用不必过分夸大，但也不可故意小觑。我始终觉得，人与人之间是需要缘分的，名师不名师倒在其次，对自己有启发有帮助的，不是名师胜是名师。不然，名师是名师，我亦只是我，何益之有？实话实说，在笔者参加过的一些培训中固然有些名师听过就忘，那是我与其无缘，但也有很多名师的观点和做法对自己确实很有启发，这样的名师多多益善啊。我们首先不能拒绝接触和学习，才有进一步的可能。

我们在一所学校待久了，时常就会遇到有老教师退休。老教师退休了，一束鲜花、一个简单的欢送会，也有仪式感。老教师光荣退休，为自己的教书生涯画上一个圆满的句号，也可以说，漫无边际的职业生涯终于靠岸了。退休，顾名思义就是从三尺讲台上退下来，终于可以休了。退休不代表人生完全停滞不前了，有多少热爱教育的人，退而不休，继续思考，继续做他们喜欢的事，他们甚至再次开启了自己教育人生的另一境界。

如果硬要挑剔老教师的不足，那便是容易自满，进而僵化停滞。工作了几十年，几乎快到了职业生涯的尾声，一般的老教师心态非常好，好到几乎要变成老好人了。到了这个阶段，确实不大再有什么欲求了，也不大思什么进取了，这也是很现实而合理的。老教师对工作早已轻车驾熟，一以贯之便容易因循守旧，保守未必就是消极负面的。其实，对于历史文化而言，保守才能有积淀和传承。只是当遇到新情况、新问题时，保守容易丧失主动性。对于我们来说，老教师身上有很多优点值得我们学习，包括老教师因人生的历练而身上具有的智慧、幽默和诙谐。

综观教师的三个阶段，大体来说，各有优点，亦各有不足。青年教师容易年轻气盛，好胜心强，我见过不少青年教师爱憎分明、急于求成和过分较真，很多时候便没有足够回旋的教育余地。中年教师阅历见识渐广，心态趋向稳定，却易堕入平庸、安于现状，一旦评上高级教师就更是如此了，仿佛遇到了难以突破的瓶颈。老教师一不留神便倚老卖老，遇事无可无不可，很多时候圆滑自保。其实，教师这种职业的特殊性在于，无论到了哪一个阶段、哪一种境地，都要尽力扬长避短，规避陷阱。任何时候都要力求做一个合格的老师、一个德才兼备的好老师、一个受学生欢迎的好老师。活到老学到老，教到老学到老，笔者认为，作为教师更应如此。教师的职业出路在哪里？在于永不止步地学习和思考，"不断追求自己生命的发展和完善"（叶澜《做一个幸福的老师》），这原也是师者应有之义。

教师的三个阶段，是每一位教师职业生涯的三个阶段，也是每一个人经历的三个相似阶段，更是为人师者无法回避的三种境地。虽然我们没有办法把这三个阶段提升为三种境界，但思索之，感悟之，自觉为之，我们或许可以将工作做得更好，赋予平凡的工作更好的意义。作为一位教师，如果把教书当作一种职业，这本身无可厚非，因为教书确实首先就是一种职业。如果教师不仅仅把它看作一种职业，还把它当作一种事业来追求，这就是一种境界了。这需要为师者有教育的热忱和情怀、热爱和投身教育。孔子曰："知之者不如好之者，好之者不如乐之者。"你所钟情和热爱的东西，怎么可能不想尽办法把它做到极致？虽然作为教师，我们大多数人都只是普普通通的一员，不能像教育家、教育名师那样做得更多更好，加上人生际遇有限，这就更加注定了我们大多数人可能一辈子都是平平凡凡的普通教师。但是只要我们真真正正努力过，虽平凡，却也真实和充实，我们一样可以拥有有意义的教育人生。

我们要做怎样的班主任

据说，每到学年末安排工作，学校各年级领导最头疼的事是打电话找人当班主任，不停地打，不停地被各种各样的理由婉拒。我不禁心有感慨，也心存疑惑——现在，我们为什么这么怕当班主任？到底是哪里出了问题？一位教师怕当班主任，怕承担班主任的责任，也许是当下很多学校教育的现状和现实。

当然，我们不能苛求老师，相反，我们应该反思这种现象并分析其背后的原因，能改进的地方则加以改进，这样才能够让教师既安心教好书，又愿意育好人。毕竟，班主任工作还是要有人去做，而且还希望能够做好。有人说过：班主任是一个班级的灵魂人物。可见班主任的重要性。对教师而言，完全不做班主任，一则不大现实，一个学校动辄十几、几十个班，每年都需要那么多教师去承担班主任工作，遑论评职称对班主任年限的硬性规定了；一则于一个教师生涯来说也是不够完整的。做一个班主任，做一个合格的班主任，可以让教师跟学生走得更近一些，到学生中间去，如果对他们的成长过程稍微有些好的影响，我们平凡的工作便多了一些意义了。这可以使教书这份职业的价值得到凸显和提升，尽管在很多人看来这意义和价值可能似有还无，甚至还有些虚无缥缈，但这不正是我们教师从事教育工作的初衷和最大的慰藉吗？

笔者虽然不是一位优秀的教师，也不是一位优秀的班主任，但笔者工作二十年，担任班主任工作超过十年，亲眼所见，亲身经历，对此也就有了一些自己的感触。下面结合自己的所思所想，谈谈我个人对班主任工作的一些看法。

勤奋不是班主任品格的全部

为什么很多老师怕当班主任？真正怕的是什么？虽然这与当今社会和家长对班主任要求更高和学生个性更多元不无关系，但据我所知，首先是怕班主任工作所需要的付出，怕承担责任。班主任的日常工作如同保姆，事无巨细，无时无刻不围绕着学校和班级常规转，临时的行政命令和事务性工作也多，这就要求班主任投入的时间较多，甚至有些时候要求班主任早中晚都要到班到岗。跟普通教师相比，班主任劳心劳力，其辛苦程度可想而知。笔者对此也深有体会，作为科任老师我们可以很洒脱，一当班主任则心态忧虑沉重很多，因为班主任多了很多现实无法回避的责任和压力。然而，一般的学校领导都喜欢勤奋的班主任，他们评价一个班主任往往是看其勤奋程度，而不是工作效果。当然，勤奋是看得见的外在行为，让人觉得其听话、服从和落实，教人放心。而效果不是立竿见影的，相反可能是一个相当缓慢的过程，而且很多时候无法客观量化，所以工作效果确实难以被领导们作为衡量老师工作努力程度的标准，这也是可以理解的。但正因如此，一味地要求班主任的勤奋和付出，这样保姆型的工作吓退了很多老师，尤其是男老师，他们不愿意做班主任，不堪这样的烦琐和细碎，不堪让自家生活失去平衡点。比如今年，我们学校高一年级十六个班只有四位男班主任，高二年级十六个班只有两位男班主任，高三年级更加到了无以复加的地步，二十个班只有一位男班主任。这种状况的持续已非一年两年了。不要小觑这样长期的不正常现象，它可能会对学生的成长产生一些潜在的不利影响。当然，这又是另外一个话题了。

其实，作为老师，作为班主任，勤奋是必要的。班主任勤于到班，勤于到学生中去，甚至与学生成为好朋友，这有利于把工作做好，有利于学生的成长成才。但是勤奋并不是班主任品格的全部，或者说，对于做好班主任工作而言除了勤奋还需要更多，比如爱、理念、方法、技巧、思想、智慧等。班主任毕竟不是保姆，班主任从事的也不是工厂流水线上的工作，教育面对的是人，是一个个独特而鲜活的学生个体。湖北省知名班主任桂贤娣说："爱生是一种艺术，一种智慧，一种科学。"光有勤奋的付出，是远远不够的。但现实奇怪的是，一般的领导、家长、学生都喜欢勤奋如保姆的班主任，领导和家长是求其放心，学生是长期以来依赖惯了。需要细心的呵护和照料，处于低年级的学生尚可理解，高年级尤其是高中学生早已是应该学会独立和自理的年龄，应该有足够的成长空间，岂能再做温室中的幼苗？

勤奋实在不应该成为衡量班主任工作的唯一标准或主要标准。正是因为当下学校的管理者一味地要求勤奋的付出，吓退了很多老师，使其视班主任工作如临大敌，望而却步。我也曾听有学校领导亲口说，只是勤奋并不能算是优秀的老师。由此看来，学校领导们对此也是有清醒的认识的。

做智慧型班主任

理想的教育应该是成就了他人，最终也成就了自己的人生。教师不是不断燃烧自己的蜡烛，教师应该是明灯，知识的明灯、智慧的明灯，不仅照亮了学生，也照亮了自身。

智慧是什么？智慧是人的聪明才智，是人具有的高级创造思维能力，能更好地解决问题的能力。做同样一件事情，有人循规蹈矩，机械应付，有人富有创意，出色完成，这差别在于用心和智慧。智慧虽然是一个貌似很抽象的词语，但人与人之间的差别正在于此，愚笨与聪明、愚人与智者，不啻天壤之别。班主任工作是对学生个体和集体的工作，是对人的工作，人是多么复杂的呀。马克思认为："人的本质不是单个人所固有的抽象物，在其现实性上，它是一切社会关系的总和。"所以班主任对人、对人性要有了解和学习，更要有智慧去处理师生之间、学生之间的关系和问题。智慧，本来就是师者应有之义。那些勤奋的班主任的奉献和付出时常让我感动，但智慧型班主任却让我真正佩服，也更值得我学习。

当然，智慧是一个很大的话题，难以界定和把握。但是我个人认为，我们身边总是有很多富有智慧的人，我们应该向他们学习，学做一个智慧型的老师。智慧型班主任并不是不勤奋，该勤奋的时候他们总是懂得到场，该用力的地方他们总是着力最多，时间和精力都用在刀刃上了，他们更多以智慧行事，而不是机械惯性地付出。他们不是苦行僧，他们富有活力，他们不过分功利，他们工作效率高，有时还有创造力，他们更像个正常而有活泼灵魂的人。这样描述他们或许有些过誉，但日常生活中的他们有趣、洒脱，富有智慧。

智慧型班主任可能很难界定，但他们懂得借力，懂得放手，懂得耐心等待，懂得抓住根本，懂得给予学生成长的空间。他们真正懂得教育的智慧，懂得育生命自觉。不要低估教育所需要的智慧，不要以为育生命自觉是一句空话。教育专家叶澜教授指出："育生命自觉"是教育中指向内在自我意识发展的重要使命，是教育最高境界的追求。据说，魏书生老师在班级建设和管理中融入很多的个人智慧，他在班上设置了公安部部长、医院院长、银行行长等模拟职务，充分发挥学生的聪明才干，引导学生自主管理，而不是事事亲力亲为。笔者因工作关系也曾经参加过一些专家和名班主任做的培训和讲座，确确实实感受到了他们管理班级和引领学生成长的个人智慧。他们当中有些人，班主任工作一做二三十年，靠的是什么？绝对不只是勤奋，而是智慧。因为有智慧，所以他们既懂得低头走路，又懂得抬头看路。智慧，在一定程度上，也是学习得来的。

做学习型班主任

有一句话说，活到老学到老。对于教师而言就更是如此了。学习本来就是教学、教育和教师的题中应有之义。这里的学习是一个广义词，既包括书籍、专业的阅读，也包括所有形式和途径的学习，学习可以是向同事、师长，也可以是向社会、时代学习，更可以向身边所有人包括向学生学习。总之，学习最不应该有限制，尤其是教育者自身的学习，如果连学习都不能自由，那还有什么可以实现真正的自由？同样，一所学校如果连教师都不爱学习，怎么可能引领学生好好学习，校风学风又何从谈起？书香校园，不就是校园里的人包括老师和学生都热爱读书，处处有读书学习的好风景吗？这样的好风景就是一种熏陶，就是环境育人。

对于班主任而言，尤其要有意识地主动学习，才能适应新形势的要求和现代教育的新发展。即使对学生有爱心，勤奋努力，如果故步自封，不再学习，恐怕也是不够的。苏联教育家苏霍姆林斯基早就指出过：一个好的教师，是一个懂得心理学和教育学的人。这已经是共识、常识了。班主任不更应该是这样拥有专业知识的学习型人才吗？《静悄悄的革命》一书作者、日本教育专家左藤学说："教师的工作是复杂的工作。教师自身对于这种复杂性是否有充分的认识还很难说。"班主任的工作就更富复杂性、艰巨性和挑战性了，岂能不好好学习和研究？况且，任何一个班主任，任何一个优秀的班主任都有一个学习和成长的过程。优秀的人也一定是善于学习的人。学习，实在应该摆在我们工作的最前面，何况是教育教学工作？叶澜教授认为，教师"既是创造者，又是学习者；既是教育者，又是研究者；既改变旧的教育模式，也改变自己"。做一个合格的老师，一个优秀的老师，我们任重而道远。我虽不是一名优秀的教师，但始终将学习置于自己工作生活的重要位置，平常除了随性的阅读以外，还常翻阅《师道》《班主任》等杂志，自认为获益良多。

在曾经风靡一时的《班主任兵法》一书里，作者万玮老师介绍了其在做班主任实践中运用到的很多成功的教育策略、技巧，这些策略和技巧操作性强，是可学习的，也充满了教育智慧。不过，万玮老师又说："要做一个好的班主任，单纯地使用'兵法'不会有长久的效果，提高自身修养，增加人格魅力才是根本之道。"自身修养和人格魅力并不能凭空得来，学习将会是一条很好的途径。

想当年，我们的老师是怎样做班主任的？他们有些人一做一辈子，或许有人会说那是因为当时的环境比较宽松，大家都愿意做。即便如此，那也值得我们深思。我们也可以看看李镇西、魏书生老师是怎样做班主任的，当然他们是教育名家，满怀对孩子的爱和对教育的执着追求。李镇西老师自己也曾坦言，他已经不再把教书只是当作一种谋生的职业，更是当作一种事业来追求了。但是对于普通教师而言，一份工作既然是长期的、可以持续地做下去的，其中必然有其可遵循的内在规律，有其持久动力之源所在。我们要努力把它找到，这可以赋予我们的工作更好的意义和价值。

李镇西老师说："每一个人的内心深处，都潜藏着一个卓越的自己。"学生也好，教师也好，都需要把自己挖掘出来，培养、提升和锻造自己。"最后让自己成为一个卓越的人，至少让自己吃惊的自己。"教育家叶圣陶老先生也曾说过："我以为好的先生不是教书，不是教学生，乃是教学生学。"学，正是学生个体主动的行为、自觉的行为。做班主任也一样，我们不是只做辛苦勤劳的保姆，不是事事包办，我们更应教会学生学习、做人和做事。

我校是市级特色高中学校，特色之一正是生命自觉教育，秉持这样的理念，我们的教师和学生都应该自觉践行生命自觉的教育，校园处处应有自觉的空气，育自觉生命，育这样的大生命、大教育。"路漫漫其修远兮，吾将上下而求索。"作为班主任，我们更应如此，不仅需要勤奋的品质，更要努力做智慧型班主任、学习型班主任。

我的高三七年之痒

现在回头去看，连我自己都觉得有点难以想象，2015 年到 2021 年我连续七年担任高三教学工作，特别是后面的六年还一直兼任班主任。当然，我也知道有很多老师在高三连续教学多年甚至十多年、二十多年，有的还一直教到退休。现行体制下，高考升学压力那么大，在高三还能连续教那么多年，承受住那么大的工作压力，这不仅需要很强的教学能力，更需要强大的内心和淡定的心态。我不能跟他们比，我觉得我已经到了七年之痒，所以我选择坚决退出，这样对学生和自己都好。

实际上，这七年也不是我主动选择的，在学年末的工作意向调查中我一般首选高一或高二，从没有主动选过高三，只是我是一个随遇而安的人，既来之则安之。或许有些人更喜欢教高三，尤其是年轻教师，他们认为这样不仅收入更高（我们这里还有高考奖和补课费），也更有成就感，工作得到了认可，在学校能确立自己的位置，同时跟学生的关系也更亲近些，况且现在其他年级也并不是那么好教。但我自认为不是一个很励志的人，安于现状的我也不擅长经常给高三奋斗中的学生"打鸡血""灌鸡汤"。人说，给人一杯水，你至少要有一桶水。我至多有半桶水。所以对我而言，这七年如南柯一梦，虽然那并不是一场梦，而是一个真真切切长达七年的高三工作历程。

高考成绩本不是衡量一个教师教育教学能力高低的指标。但现实中，学校却不这样认为，甚至许多老师也不是这样想的，大多数人都习惯性地认为高考考得好，那么老师就一定教学水平高，老师就一定优秀。说来惭愧，我自己很多时候也会忍不住拿学生高考成绩出来说，以证明自己教书还行，并以超额完成多少任务而沾沾自喜。这也是现在的我需要好好反思的一个方面。实际上，教学成绩好只能代表教师专业水平扎实，对学生的指导和训练到位，学生的应试能力强，同时还存在一定的偶然性。

在高三，我们见识了许许多多的老师，他们都是经过高三年级领导精挑细选出来的优秀教师。在领导眼里，他们教学水平高，管理能力强，执行力也强，愿意付出和努力，有些还以校为家，有时顾得了学生顾不了家，是容易让人感动的好老师。他们当中雷厉风行者有之，母爱般呵护者有之，学生的朋友者有之，他们确实称得上是名副其实的优秀老师。而我自己呢，我认为我算不上很突出，我只是一以贯之做我自己罢了。在高三这七年，不代表我工作能力强，不代表我的书教好了，不代表我把学生教好了，更不代表别人对我的工作感到满意。既往矣，如今连2022年高考的尘埃都已经落定了，我能做的只是对过去七年工作的思考和省视，如此对自己未来的工作或许更有意义。

尽管这七年高考成绩总休还算不错，除了个别午份几乎每年都有所谓的超额完成任务，自己也被学校评为高考卓越贡献奖、高考突出贡献奖，我更看重的学生满意率也几乎都是百分之百，但我对自己是不满意的。回望过去，我觉得每一年（届）都是有遗憾的，固然本来也没有完美的事情。虽然之前我也教过五年高三，但是这七年适逢几次高考改革，加上历年所教班级有文科班也有理科班，有普通班也有实验班，有应届生也有往届生，所以自己几乎每年都在不断调整和改进自己的教育教学，我始终以"学着教高三"的心态去面对。在高三，其实私底下我还有不足为外人道的小小想法——我的学生为什么不可以既学得好考得好，又比较愉悦地度过这独一无二的一年？高三这一年的时光以后回想起来不该只有单调乏味、苍白无力的刷题和考试，十七八岁的青春年华应该是最多姿多彩的，如今这份美好和活力都去哪里了？说得严重一点，学生不是学习机器、考试机器，那些靠题海战术、反复加重复和高强度灌输知识来提高成绩的老师心里面并没有把学生当作一个活生生的人。

还是吴非老师一针见血地指出："校园里那些浮躁、浅薄和荒谬的现象背后，是欲望和诱惑，是一些人的私利。"（吴非《照亮校园的常识》）吴老师犀利的批评，扪心自问，我多少也有，这也是我需要反思的地方。所以初衷是美好的，作为一个老师、一个班主任，我却没能完全做到，我没有坚守住自己的良好想法，走着走着，最后我跟其他人都一样了——一切向高考看齐。无论是班主任工作还是教学工作，大家都非常重视抓好常规管理，从严要求，做好细节，出发点都说是为学生好，一切为了高考，就是不敢说也是为了自己的业绩，为了学校的声誉、领导的政绩。在这个"为学生好，一切为了高考"冠冕堂皇的理由下，我们都做着一模一样的事情，很少有过深入的反思，现实都这样就对了吗？包括学生本人恐怕也没有很好的思考，他们会理所当然地认为学校和老师所做的也是真的为自己好，虽然这也是一部分事实。但为了目的就真的可以不择手段吗？世人已经意识到现在的教育很"卷"，伤害最大的还是我们的孩子、我们的学生。

吴非老师有一个教育观点："有些事虽然有效，但也不能做。因为这是教育，不能以牺牲学生的人格和身心健康为代价。"教育家苏霍姆林斯基早就说过："保护儿童的心灵是我们教师的使命。"在我的工作经历中，早些年学生的心理问题还没那么多，也没那么严重，至少没有明显暴露出来。但是到了现在，这些早已不是什么新鲜事，这不得不引起我们高度重视，也是回避不了的现实问题。

高三这一年有三百日、二百日、百日誓师，有各种各样的月考、联考，以高考为指挥棒，一切为了成绩，或者说急着想出成绩，这与教育"慢"的特征相违背。张文质先生说过，"教育是慢的艺术"。吴非老师也认为，教育最像农民种地，要给时间慢慢生长。不过，在全社会追逐高考成绩的现实面前提教育艺术是多么不合时宜、不识时务。实事求是地说，这确实很矛盾，高三师生和家长都渴望高三这一年的时间学生能百炼成钢、金榜题名，这怎么可能"慢"得了？但教育需要慢，因为真正的教育需要循序渐进、潜移默化，这已经是一种常识。其实这里的"慢"说的并不全是速度，更是气度和心态，慢的教育才更有包容、耐心和智慧，一味地追求"快"，便容易简单粗暴、过度功利，实则拔苗助长，损害的还是学生。况且，不那么急躁、追求服从的教育方式最终的成绩也未必会差，笔者这七年所教班级的高考成绩恰恰也可以为此提供一个小小的例证。我身边那些作风比较民主、性格温和的老师，不过分追求快速提高成绩、改变学生，高考成绩也真的不差，这些都一再表明，条条大路通罗马，提高成绩的途径并不是自古华山一条路。

现在的我也会时常回头去反思自己的工作有没有做得不好和不够努力的地方，更重要的是有没有做过"反教育""伪教育"

的事。如果是我自己没做好、努力得不够，我会为自身的不足而感到遗憾和难过。这七年里，我也曾经带过经历不那么愉快、结果也不那么好的班级，时至今日我仍然会感到自责，觉得自己有些方面确实做得不够好，可惜已经无法去补救。虽然这个班很多学生都认可我，认为我已经尽力了，但我的内心仍有难言的隐痛，有时还会想假如重新再来我会不会做得更好一些？如果做的是"反教育""伪教育"则会让我追悔莫及。何谓"反教育"？就是违反教育原则和常识的教育。中国教育学会名誉会长顾明远教授曾指出，"用非人性的标语口号来督促学生拼命学习"，这种行为就是反教育。如有些班级在教室贴出这样的标语："生时何必多睡，死后自然长眠。""只要学不死，就往死里学。""提高一分，干掉千人。"这些类似的标语口号正是非人性、反教育的。"伪教育"就是假的教育，虚张声势、形式主义的教育，没有真正成效的教育。回想起来，自己也曾经在教室里贴过程度轻重不一的标语口号，我知道很多老师也贴过，而且往往是以励志的理由去贴的，我也做过一些完全没有效果的"伪教育"。更严重的是，我甚至曾当着全班学生的面摔本子，有一年还摔过挂钟。这两件事是这七年我印象最深、最不堪回首的教训。这也反映了自己冲动暴躁的性格，虽然大多时候在学生眼里我是很温和的，虽然这样极端的突发事件是对着调皮学生和班级而发的，但事后让我懊悔不已乃至愧疚至今。作为一个人，我可以归结于自己一时的冲动，但作为一个教师，我充满着悔意和内疚，因为这是"反教育"，这也反映出自己工作的失误和专业水平低，更欠缺教育的智慧。我曾经跟某位前辈教师交流，他也有过类似的经历和感受。在急功近利的驱动下，不管当时的动机和愿望多么良好，我们做的有可能就是"反教育"和"伪教育"，这实在值得我们引以为戒和时时省视。

吴非老师在他的书中指出过一种怪现象——"一个愚蠢的教师用自己的标准在具体入微地管理五十多个聪明的学生"。（吴非《照亮校园的常识》）想想自己作为一个班主任，在班级管理中是不是有过这种情况。每当自己过于严苛和强势的时候，我便暗暗提醒自己，先退后一步看，是不是自己错了，虽然这样很难。谈到高三班级的管理，曾经很有主见的学生也认为高三"逼"紧一点是很必要的，对于高三学生而言，高考就是人生一个相当重要的必经阶段，很多比较严格甚至严厉的管理措施都是必要的。话虽如此，但这样做实际需要注意把握分寸，讲究教育的技巧和艺术。

回首高三这七年，也不全是这些让人有点难以承受的严肃叙事。高三除了忙碌，我觉得就是充实，有时候还是很愉快的，觉得自己做的事情是有意义的，因为自己陪伴的正是一群向往和憧憬青春梦想的高三学生，连经常对教育持批判态度的吴非老师都曾感慨过："没有什么能比在十八岁时奋斗一场更幸福的了！"在高三，我觉得自己能做的就是温情的陪伴，陪伴学生的成长，别的老师或许雷厉风行走得很快，我则会慢一点，多点耐心的等待，我心目中要做的是"温情教育"。温情教育不是做没有原则的老好人，相反我也要求学生做好常规，认真读书，学会做人做事，该严格要求的绝不会纵容和退让，因为这些都是教育的常识。只不过我是温情的鞭策、耐心的陪伴和等待，我也会多做一点别人不愿意或不屑于做的事情。这些事情可能跟当下的高考无关，但我认为学生有收获，过得开心就很有意义。比如我利用班会课组织他们上学校后山搞活动，比如欣赏好看有意义的电影。关于我的班会课，我曾在发表的《班会课，让我们上山去！》中详细写过。这多少契合了吴非老师说的"能做多少是多少，唤醒一个算一个，改变不了现状，就先改造自我，绝不怨天尤人"。2022年高考考场外，作为监考员的我遇到了一个参加考试的往届生，他是我上一年教过的学生，他很开心地跟我说喜欢我这种性格的老师，很怀念过去一年的相处。他的话语或是出于礼貌或只是他的个人感受，但是有这样的学生，作为教师吾夫复何求？自己所做的这些点点滴滴，若能得到学生的喜欢和认可，便会让自己很欣慰，感到工作有价值，从而会有一点教育的成就感和幸福感。只是遗憾得很，连上山、看电影这样的事我也并不是坚持每一年每个班都去做，有时迫于外部压力，我并没有足够的底气和勇气去做，以致有些同学毕业后以调侃的语气向我追讨上山一事，现在想来仍是自己过于胆怯，怕承担责任，留下不少遗憾，在此我只能向我的那些学生表达深深的歉意。

吴非老师说过："尊重客观规律的辛勤耕耘，没有功利意识的沉潜，才有可能使我们所从事的工作变得有意义。"（吴非《照亮校园的常识》）即使在高三，也应如此。七年高三教学后的这一年，我在高一年级既当班主任又兼任年级组长，面对新教材、新课标、新学生，教学之余，我读遍了吴非老师所有的书，读了一些其他教育类书籍，也一如既往读了很多杂书，偶尔还写点随感。不在高三，不必在意高考的压力，感觉时光好长好长，自己与学生相处的教学日常也十分充实。我甚至觉得，这一年对我而言或许是一个新的挑战和转折，因为在深入反思高三的基础上，我自己个人的教育理念或许可成熟一点，对今后的教育之路可以看得更清楚。倘若在高三年复一年地教下去，也许最后我可以成为一个所谓的高三教学骨干、能手乃至专家，但我也有可能变成一台教书机器，习惯了这样有节奏的运转，却逐渐麻木而不自知，这样将是很可怕的。

　　作为一位教师，任教哪个年级哪门学科，或许并没有那么大的差别，重要的是我们都是老师，教师的职责便是教书育人。努力做一位好老师，是我们自己也是社会的期许。就像"网红校长"江苏省锡山高级中学唐江澎校长所说的："做一个良善的人师，不功利不势利，要包容要大度。"即使在高三，也要努力做这样的老师。

相信是一件很美好的事

那已经是八年前的事了。

严格来说是九年前，高二文理分科，我接手这个文科班，然后一直把这帮孩子带上去，直至高三毕业。只不过，这件事是后来发生在高三，算来已有八年之久了。原本，在涉及一些教育叙事中，无论写什么，我都会刻意避开这个班，我的内心深处一直不愿意把这个班拿出来说，不是不堪回首的惨痛经历，相反，这对于我是一段非常重要而美好的带班经历。因此我一般不想如此轻易地述说，就好像生活中越是珍贵的东西越不想轻易示人，只想独自暗暗珍藏着，如同陈年佳酿越是窖藏越香醇。这样一个班级及其故事，我一直秘密保存着，在平凡甚至平庸的工作中，心底有一份美好可以供自己慢慢品，慢慢回味。

其实，我认为，作为老师尤其是班主任，教过的每一个班对自己都有意义，都是不可替代的，因为跟世上所有事物一样，班级和孩子也从来没有两个是完全相同的，他们都是不可复制的。不是故意把话说得那么大，只是事实如此。在自己的教书生涯中有些班尤显出特别的意义，不是这些班考试成绩特别好或者班级特别优秀，往往是因为这样的班对自己有非常重要的影响，夸张一点说，在自己的任教生涯中有标志性或分水岭的意义，因而特别值得珍惜，尽管过去了好多年，却教人不时想起，以至反复咀嚼和思索。虽然我不太赞同《爱的教育》中那位老教师克罗塞蒂退休后对往昔教书岁月的眷恋达到不可自拔的地步，四十年后还珍藏着学生的作业本，那已滑入一种陷阱，迷失了自我，但我能理解他的教育情怀和精神世界。作为教师，我们日常工作和生活的记忆绝大多数确实跟学生、教育、教学有关，珍视这份珍贵的美好情感也是很正常的。但是我们还有自由的自我，美好不应该变成负担。

我想起的这件事和当中的两个同学正是来自这样一个班。在我看来，教书是一件可怕的事，你跟一帮人刚刚混熟，他们就又要离开了，一转眼，他们已离你而去多年了。这样的事，当时或许不觉得怎么样，过后回首，心里有隐隐的茫然。我是带着这样的心情来回忆这件事的。

当年的学生宿舍是由外聘的教官来管理的，因而管理纪律严明，雷厉风行。一天晚上，晚自修结束，学生跟往常一样回宿舍休息。我忽然接到教官打来的电话，说班上有两个同学违纪，要我马上去宿管办公室处理。我心里很纳闷：究竟是什么事情这么紧急，是哪两位同学，害得我这么晚了还要从家里赶回学校？心里自然有些不悦。我一到那里，看见办公桌的旁边站着小李和阿娟（均为化名），两人神色茫然，我似乎有些明白了。但是我没有想到会是他们。我一句话也没有说，教官拉我到边上低声说道："我们一个教官刚才在篮球场巡视，发现他们俩抱在一起。"我心里一沉，说："好吧，这件事交给我处理吧。"我领着他们往外走，他们默默地跟在后面，不敢说话。

由于很晚了，也过了宿舍熄灯就寝的时间了。我看着他们俩，阿娟的眼里闪着泪光，小李倒是跟平常没有太大差别，只是有些沮丧。我还没有开口，他们竟先后说了一声："老师，对不起!"我的心一下子软了，同时我的第一感觉告诉我，依我平时对他们的了解，他俩未必就是谈恋爱，之前也没有任何迹象。我顿了一下，缓缓地说："我不相信你们谈恋爱，我相信你们一定是有其他苦衷的。好吧，太晚了，也不要多想了，先回去睡觉吧，明天找个时间我们再好好谈谈吧。"看着他们还有些犹豫和忧虑重重的样子，我最后加了一句："放心，我也先不会告诉你们父母的，因为事情还没弄清楚。快回去吧，好好睡觉。"他们说了声"谢谢老师"，然后往各自的宿舍走，脚步仍有一点迟疑。

第二天，我再次先后找他们了解情况，果然，事情并不是教官所看到的那样。虽然两个人是前后桌，关系还算好，但也没有发展到谈恋爱的地步。这件事情的起因是前一段时间阿娟家里发生了一些事，令阿娟很烦恼，小李无意中知道了，平常就说了一些宽慰的话语，身陷苦恼的阿娟便心生好感和感激，两个人最近便有些熟络起来。那天晚上晚自习放学，走到那棵树下，小李跟往常一样不断安慰阿娟，后来还用双手扶了一下阿娟的肩膀，碰巧的是一位女教官刚好持手电筒照到了他们。事情到此真相大白。我也庆幸自己当时没有不问青红皂白就指责和批评他们。事后想想，我当时能比较冷静，也不是我对事情的判断有经验和把握，经验很多时候都是不大可靠，更主要的是我还是比较相信班上这帮孩子，我也比较了解他们，因为经过了高二一整年的接触和相处，我们的关系比较好，彼此信任，相处愉快。因此这个班的班风学风良好，孩子们懂事明理，会做人。这是所有科任老师的感觉，也是年级管理层的评价，甚至一些隔壁班的老师都有这样的印象。在班上，我甚至提议把"文质彬彬，然后君子"作为班级的精神定位，作为一个文科生的追求。有了这样平常对班级文化的建设和对学生们的了解，可以大言不惭地说，我信任班上任何一个孩子，我也真心爱护和平等对待班上每一个孩子，尽管我也会因一些不良的现象批评他们，有时候还比较严厉。孩子们也都知道，我自己也是直来直去，说的都是真心话，从不伪装，靠所谓的策略、技巧和手段来管治班级。由于自己喜欢阅读和写作，除了跟他们分享好书，也经常会有感而发，写一些所谓的诗，拿到课堂上念给他们听。这些事情现在想来多少有些汗颜，但在当时却是那么自然和无畏，实是因为我跟他们亲密无间，彼此信任。

虽然此处我仍不便过多地叙说，但这个班之所以对我很重要，是因为从此奠定了我做班主任乃至做老师的基本风格，包括班级管理的理念和风格、与学生相处的心态和态度。之后我继续担任班主任工作多年而没有太多倦怠感，实是受益于此，而且至今我所带的班级一直延续这样基本的管理风格和个性。

教育家苏霍姆林斯基一直强调"要相信孩子"，相信孩子，知易行难，实际上要完全做到并不容易，因为我们时常都戴着有色眼镜去看待他们，夹杂着喜怒哀乐去看待发生的事情。当然，人非圣贤，老师也一样，正因如此，遇到突发事情我们更应该冷静慎重，在没有把握和不清楚事情的真相之前务必以善意待之。固然，临事之际，很多老师都有自己的处事经验和初步判断。但很多时候，如果我们先入为主，便很难把事情妥善处理好，甚至会错怪学生，引发不必要的后果。所以我们的第一反应和态度是多么重要啊！

当然，小李和阿娟这件事，任其自然发展下去，最终也可能会变成真的恋爱关系，所以后续的处理也是非常棘手的。但同学之间的相互关心本是一种美好和纯粹的情感，对此应该珍惜和肯定。苏霍姆林斯基有一句很生动形象的话语："我们做教师的应该像果园的园丁精心地照看嫁接到野生植物上的果树，爱护它的每一枝、每一叶那样，爱护和保持孩子们身上的一切品质。"只不过，在中学时代这种未成年人所谓的男女同学交往过密的行为又是禁止的，所以作为老师要加以正确引导。后来，我分别找小李和阿娟深入谈过几次，彼此坦诚，这既疏导了阿娟因家庭带来的烦恼这个根本问题（我也跟阿娟的家长了解过家庭情况，给家长提供了一些建议），又让他们学会了冷静客观地看待这些问题和彼此的关系，最终他们也清楚了自己在高三这个阶段的所为和应为。后来，他们真的没有走到一起，但仍然是好朋友，两个人都考上了大学，虽然阿娟最后可能还是多少受到家庭的一些影响没有考出自己最好成绩而复读一年，最终还是如愿考上自己想要的大学。而自始至终，我都没有跟双方的家长提过他俩的事，虽然按照学校规定一般需要见家长处理此事，实在也是因为我觉得，这件事根本就不属于违规的那一类，我相信他们，而且在我看来这件事也是可控的。可想而知，如果按常规见了双方家长，岂不是会把事情弄得更糟？学生是家长的孩子，其实也是我们的孩子，教育的把控就是一个尺度的问题，在这可控的范围我们所做的就是应有的担当。

李镇西老师说："无论教育思想、教育理念如何发展和更新，爱心是永远不会过时的。"诚哉斯言。虽然教书二十年了，我也没有完全做到、做好，但是我深深认可这样的理念。很多事情和道理并没有想象中的那么高深莫测，教育也是一件知易行难的事。教育是人的教育，如果人与人之间没有最基本的信任，为师者没有足够的爱心，那是一种什么样的境况？名师李镇西虽然头顶耀眼光环，感觉离我们很远，但你读他的《爱心与教育》就会重新认识到——他也只是一个普通人、一位普通的老师，只不过难得的是他几十年来怀着一颗无比包容的心、一颗满满的爱心，相信孩子，爱孩子。数十年如一日，真心关爱每一个孩子，这就很难了。这是平凡中的不平凡，不平凡先从平凡做起。社会的发展越快，时代的要求越多，班主任工作也就越来越难做，但对老师而言，相信孩子真的是一件很美好的事。至少我自己是这样认为的。

作为老师，我们不一定都要做名师，不一定要追求所谓的成功，但只要愿意，我们都可以做孩子的朋友、知心人。在孩子成长的阶段，我们可以做他们的引路人、陪伴者。如此，即使所教的学生没有什么所谓的杰出人士、成名成家者，那又何妨我们自己做了一个好老师、一个无愧于内心无愧于教书生涯的人。

要上有"情"的地理课

犹记得多年前的一次教研活动，听完课后，我身边的教研员对此很有感触，大意是说，我们现在的地理课堂基本上都是千人一面，大同小异，知识的讲授固然准确，没有科学性错误，但总觉得缺了点什么，不能很好地吸引学生。那时候的我刚走上工作岗位不久，对她的话也不知如何回应，只是看着她点点头。多年之后，那位教研员不幸病逝，但她当时那么不经意间的感慨却令我印象深刻，一直留在脑海深处，至今不能忘怀。偶尔也会想起她的这番话语，遗憾当时没有，之后也始终没有再问问她缺的是什么，她心目中的理想课堂该是什么样子的？

除了教研员的一番感慨，引发我思索的，还有一次就是自己去广州参加广东省教学研究室主办的学术讲座，好像是岭南大讲堂之类的。当时的主讲嘉宾张教授是笔者的大学老师，也是那时广东高考地理学科命题组专家组长，讲座的主题是人文地理及人文关怀，原本跟高考没有什么关系，但是会场座无虚席，坐满了来自全省各地的老师听众，有些远在粤东、粤北、粤西的老师已经提前一天入住附近的酒店，为的就是参加这一场讲座。关于地理学科的人文知识和人文关怀，这一类理念和主张一向是我个人比较感兴趣和认可的，张教授的讲座也非常精彩，且具有启发性。殊不知到了讲座最后的例行提问交流阶段，与会老师争先恐后提问和关注的焦点竟然全部是有关高考的话题，问题细到询问当年高考命题具体有哪些专家，引发哄堂大笑，当时时间不足以一一问答，就以写纸条的方式收集问题。我至今还清晰地记得：会场上，没有一个人真正关注此次讲座的主题，没有一个问题与此有关，所有的问题都直奔高考。当然，或许这也是很正常的，毕竟高考是全社会高度瞩目的敏感话题，遑论老师们了。我记得自己怯生生地写了张小纸条递上去，纸上大意是：很多学生不大喜欢上地理课是否跟中学地理教材编写的内容和形式缺乏趣味性、有用性有关？当时张教授已经被其他关于高考的问题问住，没有时间好好回答我的问题，这已经是情理之中了。幸好是不署名的提问，不然，在那样热烈的氛围里我都不知道自己是否还有足够的勇气去提这一颇显不合时宜的问题了。说来有点尴尬的是，当年学校派我参加这一活动，也是因为自己彼时在高三任教，指派我去参加的意图恐怕也是很明显的。

然而，这却是我内心一直都有的一个问题，是我平时教学中遇到和没有想明白的真正困惑。我不知道世界上其他国家和地区的中学地理教材是怎么编写的，我总觉得，很多学生不大重视也不大喜欢地理课，除了学生惯用功利眼光看待处于弱势地位的地理学科以外，跟地理课的有用性和趣味性不足恐怕也有关系。需要强调的是，地理学知识本身是很有用和有趣的，只不过教材过分强调地理原理知识的科学性和逻辑性，如果地理课紧紧围绕教材来讲授和展开，就会比较抽象晦涩难懂，又枯燥乏味无趣，这样的地理课让很多学生望而却步，畏而远之，学就只是为了应付考试而已。当然，我作为一线老师，也深知（地理）老师之不易，提这样的问题或许真有点难为情了，从我内心一贯秉持的凡事应有同情之理解而言，亦有苛求之嫌。但这却是实实在在无法回避的一个现状，我只是捅破了这一层窗户纸而已。

我知道，我的同行一般不提这个，他们都喜欢去追逐时下流行的教育理念和教学模式，比如问题探究式、小组合作式，从以前的素质教育再到现在的学科核心素养思想。坦白说，在多如牛毛的论文里我几乎没有发现有人提过这一类问题，反思过这一问题。也许老师们从来没有把这当作问题，也许这一类问题从来如此，根本无法解决，也许我们的教育教学还有其他更重大的使命和任务，也就无暇顾及这些看起来若有若无的小问题了，也许这在我看来是个问题，别人却不这么看。多年来，我在心底反复咀嚼着这个问题，时常也会思索和尝试寻求出路，尽管有时候可能只是得到一缕夹缝中照进来的光线而已。

教书十九年，自己心里虽然至今还是觉得教书首先是份工作，做好这份工作才有谈论其他的可能。在我工作遇到一些困惑和内心比较艰难挣扎的时候，我的同事、朋友和师长都会开导我，他们也往往会首先指出这只是一份工作而已，没必要把自己困住走不出来，凡事问心无愧就好了。是的，人之常情，事之常理，不过如此。但是有时候自己对照一下教研员的慨叹不禁还是会汗颜不已，她的问题就好像是一把没有坠地的剑，一直悬在半空，不知何时会落下伤人。教了十九年的书，我也还没能做到每一堂课都很好地吸引学生，多数时候就是讲授知识完成任务而已。虽然有时候尚能换位思考一下，学生读得如此苦，学得如此累，我在备课之时尽量大胆尝试多做一些没有做过的改变，目的就是让自己的课堂生动一些、有趣一些。但我自知做得还远远不够多、不够好，有些时候也没有继续深入持续地做下去，稍可自我慰藉的是，随着教育教学的改革，自身的教学理念几经变化，教育思想也有所改动，但心中始终有明确的认识和坚守，且随着教龄的增大愈来愈清晰，那就是——要上有"情"的地理课。

我深知，一般的文科生都比较怕地理，准确说是怕地理考试。地理学是一门自然科学，理科性质很强，说理性和逻辑性也强，因此有时候很抽象、难理解，尤其是高中必修一教材。这本身情有可原，但中学地理的学科定位是文科，所以中学地理教材在这方面的处理难免有其不足，文科的学科包含着大量的理科思维和原理知识。一般来说，理科生比较喜欢学自然地理，也就是高中地理必修一部分，文科生比较容易学人文地理，也就是高中地理必修二部分。学好中学地理对学生素养的要求比较高，可谓是亦文亦理，文理兼备。不可否认，中学地理教材一直在不断改进和更新，所取得的成效也是可观的，最新版的高中地理教材据说很快就可以推广使用。而实际上，教材也不是我们所能够影响和改变的。但是作为老师，课堂教学却是可以有所作为的。如果中学地理课上得太过于"专业"，则会落于古板单调乏味，结果是大多数学生由于理解难度大而很难真正接受和喜欢，学科的吸引力大打折扣。在我看来，作为一门人文学科，这样的地理是无"情"的，很难让人亲近，也是非常遗憾的。

时下，多媒体教学技术手段繁多，网络文字和视频资料浩瀚无垠，但也不可走入无"情"的误区，否则，徒有现代化的外表，至多只是添加了一些教学手段而已，到最后学生仍然拒绝地理，拒绝无"情"的地理。地理课要想上得好，非做到"有理有情"不可，有理不难做到，但要做到有"情"则不是那么容易。窃以为中学地理教育要有人文关怀，有真实的情感。这样的地理才是新的地理、活的地理、有人情味的地理、让人可亲近的地理，也才会是受人喜欢的地理。

当然，提出这样的思考角度和视角，并不代表笔者已经完全做到了，相反，"路漫漫其修远兮，吾将上下而求索"。上有"情"的地理课，虽不能至，却是我努力追寻的所在。个人对自己的期望是，倘若有一些课，或者一堂课当中有些环节真正做到了有"情"，学生喜欢上自己的地理课，自己也就心满意足了。

个人认为，课堂上如果教师冷漠无情，教学语言枯燥乏味，缺少了亲和力，学生自然产生抗拒心理。只有生动的、有人情味的教学语言才让人觉得可亲。所谓谆谆教导，就是有人情味的教育。曾经某知名电视节目出现过一位特殊的男嘉宾即是某位中学地理教师，他在地理课上展示了生动活泼的课堂氛围，现场的观众也受到感染，笑声、掌声不断。他的地理课之所以深受学生欢迎和喜爱，笔者认为其个人专业素养固然重要，但他的最大特点恐怕是他有人情味的语言艺术和有趣的活动。所以窃以为，作为老师首先要转变角色观念，从过去高高在上的、"传教士"的刻板形象转变为与学生平等的互相交流的角色。在学生面前有时候不妨多些自嘲，只有先做到这一步，教师才能够放低姿态，跟学生进行有效的交流。其实，这一方面很多年轻教师做得比较好，或许正是因为年轻教师还没有形成职业的固化行为模式。其次要提高语言表达能力和水平，接地气，贴近学生的现实生活，能讲到学生的心里面去。语言的风趣幽默和生动活泼固然不容易做到，但努力使自己在教学语言方面有自己鲜明的个性和特点却应该是一个努力的方向。

教育家陶行知先生认为，教育是以生活为中心的教育。我们生活在多姿多彩的社会中，耳闻目睹，所接触的都是一些现实变化着的事物，这些事物总能引起人的注意和兴趣。而且这些多彩的人文现象多少都是与地理有着密切的联系，可以通过地理来解释，如此，把地理教学与社会生活广泛联系起来，地理就凸显出其知识的有用性和趣味性了。学生因好奇心往往渴望知道其中的奥妙，有很强的求知欲和兴趣。如果教师能够联系现实生活讲授地理，使地理知识生活化，那么学生就会觉得"地理就在身边"，地理是看得见、摸得着的。我在备课时尤其是人文地理部分，常常结合时事，联系社会生活，解释社会人文现象，使知识常用常新。而且一定会结合地方的社会经济情况，包括结合乡土地理，由此引发他们的兴趣和思考。比如，笔者在讲授高中地理必修二部分，几乎每一节课都紧密联系本地的实际情况，结合人口、城市、农业、工业、交通、社会发展等进行讲解，学生在此过程中既了解了家乡的发展情况，又理解了教材的知识和观点，常常有恍然大悟的感觉。如此一来，学生不仅掌握了地理原理和知识，也接受了乡土情感教育，切身感受到地理的人文魅力，培养了人文意识和人文关怀精神。这就首先要求教师自身对所在的地区历史和地理情况有很好的了解和认识，不然是无法做到教材跟区域的有机结合的。

当然，地理学科毕竟不同于其他学科，其还有一个非常突出的特点就是研究的对象是环境，包括自然环境和社会环境，所以地理实践活动就显得尤为重要了。由于条件所限，地理教学往往没有办法到真实的环境中去展示和讲解，但是有些时候是可以创造或寻找条件去做的，这就是时下已经形成共识、方兴未艾的地理研学活动。这一方面，我多年来也一直在因地制宜努力尝试和开展。前不久在整理东西的时候，我竟然翻到了一些逐渐被我淡忘的相片，那时候用的还是袖珍相机。相片留住了这份记忆。十多年前大约是2004年，我曾经带着一个地理班的十几个孩子，从学校徒步走到汽车站，再乘坐公交车到一个乡村去实地参观了解乡村旅游资源和旅游开发。当时还没怎么兴起乡村旅游，根本谈不上乡村旅游资源开发，现在回想起来真是今非昔比啊。不管当时开展的活动具体学到了什么，我个人觉得这个实践活动的过程是非常美好的，比照教材上枯燥的旅游地理知识，大家有了真切的亲身体验和感受，孩子们充满欢声笑语，我也很开心。虽然我在组织这次外出活动中要承受很大的压力包括学生的人身安全等。

总之，我们的地理课要让学生感觉到地理是有用、有"情"的，地理是活的知识、有用有趣的知识。我们要上有"情"的地理课！当然，也许并不是地理一科如此，恐怕所有的学科都应该做到有"情"吧，因为课堂教学所教的不仅仅只是知识，更是使人成其为人的过程啊，这样的过程怎么可以没有人，这样的过程怎么可以没有"情"呢？

岭南地区的"月光光"

众所周知，我国古代是个传统的农业社会，农民"日出而作，日入而息"，农耕生活非常有规律。农业生产活动深受自然天气的影响，主要集中在白天。平时农民白天下地干农活非常忙碌，到了夜晚则比较悠闲。不仅农民如此，士、工、商阶层皆是如此。月夜下，一家大小甚至全村老幼聚在一起闲聊、嬉戏，偶尔望月、赏月，文人骚客则对酒当歌，咏月、叹月，很多话题都跟月亮有关，所以中国古代不仅有许多跟月亮有关的诗词文章，民间也多有关于月亮的民谣和童谣。

包括月亮题材的很多生动活泼的民谣童谣，不仅是优秀的中国传统文化，也是现实生活的一部分。只是随着现代工业化、城镇化的发展，人们的生产、生活方式发生了改变，所处环境也遭到了程度不一的破坏和污染，夜晚的天空不再是繁星点点，加上现代科学知识的普及——这是很矛盾的——我们的想象力包括儿童的想象力已不再那么单纯、明净，谁还会真认为月亮上有嫦娥、吴刚和月桂树呢？尽管如此，这些民谣和童谣也不是完全过时了。单就教育来说，民谣童谣也有教育的意义和价值，它丰富了我们的教育素材和教育形式，特别于社会人文学科而言犹是如此。作为教育者，对优秀的传统文化有意识地学习更是应有之义，倘若能因此而热爱，而研究，则更是幸事。

就童谣而言，全国各地有很多版本的"月光光"。而岭南地区有三大民系，分别是广府、潮汕、客家，三大民系各有独特的地域文化和民俗文化。三大民系的童谣亦各有自己的"月光光"，而且往往有多种版本，但大致都能体现本民系本区域的生产生活环境和文化内涵，由童谣也可以一窥三大民系各具特色的民俗文化和价值追求。由于三大民系拥有各自的方言，这给外人对其童谣的解读和理解带来了障碍和困难，一般来说非本民系的人或不懂该方言的人是不容易读懂的，其背后的文化内涵就更不易捉摸了。当然，我也没有这个能力胜任这样的解读工作。只是我自幼生活在客家、潮汕交融地区，也可以说是两地区的边缘地带，大学到广府文化的中心——广州，毕业后一直在粤方言核心区域——珠三角工作至今，所以对这三种文化有了一些了解和认识，尽管很有可能只是停留在肤浅的表面。也正因如此，浸染过这三种不同的文化，或多或少对我有一些影响，有些时候我都感觉自己好像是一个边缘人，尤其是在开放程度不够高的地区，行走在不同文化和生活的边缘，也就有了某种不可言说的敏感。当然，这些都是题外话了。能接触到这些童谣，我是由衷地欢喜，不仅自己喜欢，也喜欢讲给学生听，唯恐他人不知似的，此谓好为人师，何况我正是一位教师。为了方便不同地区的读者理解，我翻阅了一些资料，有些生僻词还请教了一些熟悉方言的朋友，对以下童谣涉及的某些方言词语进行了简单注释，或许谬误也在所难免。

广府地区尤其是珠江三角洲地区，至今流行着两首著名的"月光光"，堪称广府童谣中的经典。一首是"月光光，照地堂，年卅晚，摘槟榔"，这首童谣在 2010 年广州亚运会闭幕式上曾经被歌唱演绎，一时为海内外观众所了解。另一首是颇具童趣和地方特色的"月光光，照地堂，虾仔你乖乖训落床"，在我看来其更能代表珠江三角洲地区传统的农村和农业生活，旋律也相当动听，易为孩童接受和诵唱。有好些年，我在给学生开设的一堂名为"方言欣赏"的课上就选取了这首童谣作为粤方言（即广州话，习惯称白话）的代表。尽管听课的几乎全部是操持白话的学生，对此还算耳熟能详，他们的兴致仍然相当高，喜欢听和看，眼里有喜悦的光芒，那或许还有祖辈的文化基因遗传。只是不大好意思开口唱了，或许是因为没有了歌谣里的环境和氛围。

月光光，照地堂（地堂：晒谷场。注释为笔者所加，下同），虾仔你乖乖训落床（训落床：上床睡觉），听朝（听朝：明早）阿妈要赶插秧啰，阿爷睇（睇：看）牛佢（佢：他）上山岗喔。虾仔你快高长大啰，帮手（帮手：帮忙）阿爷去睇牛羊喔。月光光，照地堂，虾仔你乖乖训落床，听朝阿爸要捕鱼虾啰，阿嬷（阿嬷：奶奶）织网要织到天光，虾仔你快高长大啰，划艇撒网就更在行。

对于这首童谣，我在课堂上一般会作以下解读。这实际是一首晚上哄孩子睡觉的摇篮曲、"月光曲"，所哼唱的内容讲述了珠江三角洲普通劳动人民的日常生活与对美好生活的向往。珠江三角洲平原地势低平，河涌水网纵横交错，自古以来都是鱼米之乡。童谣中的"地堂""插秧""睇牛"都反映了以前农村水稻生产的情景，"捕鱼虾""织网""划艇撒网"更反映了水乡的渔业生产风俗，就连小孩都常用"虾仔"这样生动有趣的昵称，这与有些北方地区称呼小孩为"狗娃""狗蛋"各有异趣。整首童谣除了讲述家里大人劳作的辛苦，也期盼孩子健康长大，长大之后便是家里一个重要的劳动力，是个好帮手，由此也可以给家里带来更好的生活。由此可见，与潮汕、客家相比，广府文化有更加务实的一面。这首生动、朴实、有趣的童谣早已谱成了普遍传唱的著名儿歌，在粤语地区深受欢迎。此外，早年经香港歌手黄家驹的演绎歌唱，这首童谣更是在珠三角地区家喻户晓，知名度相当高，当仁不让成了岭南童谣的代表曲目。

我虽然成长在客家、潮汕交融地区，周围不乏讲潮汕方言的老师同学亲友，耳濡目染，生活习俗也受其影响，但我对潮汕方言仍未能入门，在课上从来不敢多讲潮汕方言，多是轻轻带过，或是请潮汕的学生来讲来念。与广府、客家地区不同的是，下面这首潮汕童谣前面多了"月娘"一词，"月娘"就是月亮，是拟人化的说法，而且用女性的"娘"，反映了在潮汕人的眼中，月亮温柔、善良、慈爱如母亲，这样一下子把月亮与孩子的距离拉近了。

月娘月光光，秀才郎，骑白马，过阴塘（阴塘：一说树阴下的池塘，一说是浅水坑）；阴塘水深深，船囝（船囝：小船儿）来载金；载无金，载观音；观音爱食好茶哩来煎（煎：煮、熬），爱娶雅母（雅母：漂亮妻子）哩在冠陇山（冠陇山：山名，在今汕头澄海）；冠陇姿娘（姿娘：姑娘）会打扮，打扮儿夫去做官；去时草鞋共雨伞，来时白马挂金鞍；阔阔门楼缚马索，阔阔祠堂竖旗杆。

在我看来，这首童谣也颇能代表潮汕文化。"食茶"的习俗是潮汕文化的重要组成部分之一，可以说，潮汕人是"无茶不欢"，茶在潮汕人的生活当中占有相当重要的地位。潮汕人家日常都有喝茶的习惯，潮汕工夫茶更是久负盛名。就连拜神祭祖都要有茶，寺院庙堂常供"三杯茶"即斟三杯茶水。笔者幼时在老家，祠堂祭祖、清明上坟除了要有酒，也要摆"三杯茶"，至少也要摆茶叶。这首童谣描述了月夜下，孩子们嬉戏玩耍，想象着长大后骑白马，跋山涉水，赴京赶考，最后衣锦还乡、光宗耀祖。岭南三大民系的先祖都是来自中原地区的汉人，所以潮汕人历来也崇文重教，重视孩子的教育，对读书成才和光宗耀祖有强烈的渴望。虽然现实中，潮汕人以善做生意而闻名。

在广东，客家人相对比较广泛地分布在粤东、粤北，以及分散杂居在广府潮汕地区，再加上广东周边的福建、江西、广西也有客家人分布，以至于客家地区流行着很多版本的"月光光"童谣，虽然有地区差异，但基本上也是大同小异。我读初中时，班主任兼语文老师吴老师就很喜欢教我们唱歌，不仅唱当时的流行歌曲，也会播放一些客家民谣童谣给我们听，如今虽然有些名字忘了，但歌谣那种旋律和一些大致的内容倒是还有些印象。可以说，这些歌谣伴随着我的成长。下面这首童谣实际上也是我小时候很多个夜晚在村口玩耍，小孩子们一起游戏一起诵唱的。

月光光，秀才郎，骑白马，过莲塘。莲塘背，种韭菜，韭菜花，结亲家。亲家门前一口塘，放条鲤嬷（鲤嬷：母鲤鱼）八尺长。鲤嬷背上承灯盏（承灯盏：放灯火），鲤嬷肚里做学堂（学堂：学校）。做个学堂四四方，个个赖子（赖子：儿子）读文章，读得文章马又走，赶得马来天大光。

这首童谣比较有代表性，流传也广，各地许多版本的客家童谣"月光光"均从中有所衍化。它讲述了乡村儿童在月夜卜的嬉戏和玩耍，虽然只是过家家的游戏，"秀才郎""灯盏""学堂""读文章"这些都直接反映了客家人游戏中也不忘读书教育的浸润。据研究，在三大民系中客家人比较晚到达岭南地区，只能在比较偏僻的地区居住，多属边远山区，经济比较落后。长期以来，客家人都觉得读书是一条比较好的出路，特别是农村孩子通过自身的努力可以走出一条更开阔的人生之路，所以客家地区往往也比较重视教育，文风鼎盛。

岭南地区这三首童谣均以"月光光"开头，既描述了客观事实，也采用了中国诗歌传统的"兴"的手法，由明亮的月光感发出美好的情感。作为岭南童谣的代表，它们忠实地记录了以前岭南地区农村的生产生活情景和文化习俗，用今天的话来讲就是非常接地气。这些童谣淳朴、生动、有趣，抑扬顿挫，朗朗上口，适合传唱。不过，随着社会经济和工业化、城镇化的发展，传统的生产生活方式发生了巨大改变，包括经典童谣在内的优秀传统文化面临着如何进一步传承的问题。

很多教育专家都认为，这些优秀的歌谣包括古代和现代的童谣对于儿童的启蒙教育相当重要，这一点已经达成共识。但其实对于中学生甚至大学生，在我看来，这些优秀的民谣童谣也是非常有意义的，跟儿童相比，年龄更大的青少年不仅可以感受其优美旋律，也可以学习其蕴含的深厚民俗文化，直观地体验到宝贵的乡土情感。即使不带着这么功利实用的眼光去看，把这些美好的童谣展示给学生，也是很有意义的事情，因为"教育就是把那些美好的东西带给孩子们"（朱永新教授）。广而言之，所有美好的东西、真善美的东西，都可以是教育的资源、学生学习的资源。而对于那些曾经诵唱过这些童谣长大的人，可以想象的是，何时何地，当人们有缘同唱或同听熟悉的童谣"月光光"，那久违的乡音乡情定会令人为之动容。

有觉解的教育人生

"觉解"一词出自冯友兰"贞元六书"之一的《新原人》，书中作如下解释："人作某事，了解某事是怎样一回事，此是了解，此是解；他于作某事时，自觉其是作某事，此是自觉，此是觉。"也可以说，觉解就是自觉和了解。但又不止于此，书中说："人生是有觉解底（底：通'的'，下同）生活，或有较高程度底觉解底生活。这是人之所以异于禽兽，人生之所以异于别的动物的生活者。"觉解是《新原人》探讨人生问题和人生意义的开端，承接后面心性、境界、学养、才命、死生等所有见解和主张，是开启该书倡导的人生思想和人生智慧的一把钥匙。

一个教师，在青年阶段，或为外界所推，更多被动地忙于应付做事，无暇沉潜思索，但是工作若干年后，应该有更多的工作反思和人生自觉。叶澜教授说："进入职场以后，真正促进教师的发展，是他对自己的实践，不断地研究、反思、重建，越来越对自己的工作有一个系统的、整体的、深刻的认识，知道怎么去做才是有意义和有效的。"这说的实际上也是教师的觉解。如果教师作为教育者都未能真正觉解，何来遍布学校时空的教育和教学活动的觉解？

平常我们都说："我的课堂我做主。"但事实上，我们真的做到了吗？或许现实让我们不能完全做到，但课堂的四十分钟却是你可以有所作为的。教师是课堂学习活动的主导者和导演者，我们可以让自己的课堂按照自己的想法做到更好，而不仅仅是知识的传授和应试技能的训练。大胆去上自己的课吧，上好属于自己的课，上自己喜欢、学生也喜欢的课吧。

学者张文质说："教育是慢的艺术。"学校教育追求成绩，从同情之理解角度看，原本也无可厚非，问题在过度和急功近利。李镇西老师认为："教育应该尽可能从容一些，应该超越眼前的功利而着眼于将来。"教师作为个体虽然势单力薄，但作为一学科之老师、一班之班主任，又是大有可为的。反其道而行之，做难而正确的事吧，慢点，再慢点，离功利远点，再远点。

随着教龄越来越大，我逐渐觉得，教师自己要有自觉，要有主见，更要有行动和实践。虽然我们可能都只是普普通通的老师，远没有名师、专家们站得高、走得远，但有了觉解，我们便还不至于完全沦落，几十年如一日，机械、被动、重复，尽管最后可能只是个平凡的教书匠，却做过有意义、有创造性的尝试。

《新原人》指出："人对于人生愈有觉解，则人生对于他，即愈有意义。"我们想要的应该是这样有觉解的教育、有觉解的人生。

（载于《师道》，2021 年第 6 期）

读 书 随 笔

◎ 追寻教育的幸福

chapter

02

○ ● ○

阅读为了什么

　　几年前，我在购书中心买到一本加拿大人写的《阅读史》。我一般不轻易买新书，况且此书价格不菲。我之所以毫不犹豫将它买下，是因为此书一打开，映入眼帘的便是法国作家福楼拜的话："阅读是为了活着。"当时，此话忽地触动我的神经，有一种无言的亲切。我也不知道自己是否也这么认为，老实说我也还未遇见过有人单靠阅读能活命，而不是靠吃饭。但阅读却是我所喜欢的，生活怎么可以离得了阅读？

　　把《阅读史》翻出来重读，又一次感慨，但对阅读多了一份思考。我们作为老师，固然离不了与书打交道，学生作为"书生"理所当然也要读书，书为工具，书为手目，书就是身体的一部分。我们要多读点书，真正喜欢地读点书，不管是什么书，只要喜欢。读《阅读史》，必会想到一个问题：阅读为了什么？这问题不容易回答，因为它有千万种答案，千万种答案等于没有答案，也就成了难题。这问题根本不需要回答，同样因为它有无数的答案，无数的答案回答了也没有意义。如此，该问题是否就没有意义呢？不然。此问题实在是很有意义，也大有意思的。读书之人若没有正式想过此问题，他也已在读书之中思索过，潜意识也常会发出轻声的询问的。

阅读之物当然不仅仅是书籍，凡能读之物皆可。只是因为主要还是书，或者说可读之物最终都摇身一变成为书，所以读书往往又是阅读的代名词。

古语云"书中自有黄金屋，书中自有颜如玉"，虽不免过于夸张，但阅读是自有一番小天地的。读书当然可以怡人性情，甚至娱而忘忧。爱书之人往往随时随地皆可读书。林语堂先生曾对其爱女说："只要有心，即身边一字典亦可随地读书。"

阅读实在是一件有意思的事。阅读不能没有思考，阅读就是在思考，不管是作者替你思考还是自己思考。无论哪种文字，你都可以把它拆下来最终连成线，不是吗？书中的文字就是你思考的线，它贯穿阅读活动的始终。扯着一条线，如同放风筝拉的那根线，放飞在精神的天空，就更加神奇了。

阅读应该是惬意的、快活的、自由的。或许阅读真的需要缘分，有的人爱读书，爱书如命，因而就有古今中外众多的藏书家。有的人仿佛天生就不喜欢读书，看到书脑袋就斗大，毕竟不是每个人都生来就爱书的。那就勉强不得了，读书若不自由，毋宁不读。

说了这么多，还是没能回答问题，老实相告，我也没法解答，因为我也是常人啊，更何况这个无人能解的古今难题呢？劝君莫问为什么，虽没有"空悲切，白了少年头"那般严重，但得失在天，忧喜自知，阅读的事全凭自家选择。要我说，就把阅读当作一种生活吧，阅读也实在是一种自由的生活。我喜欢，你呢？

（载于《三水报》，2003 年 5 月 26 日）

楼上读书

很多年前，我们学校的教师阅览室不是像现在一样设在一楼，而是在旧办公楼四楼的一个孤独角落。由于整层楼除了校史室就没有其他部门了，这一层楼也不是老师们日常的必经之地，加上平常老师们都说没什么时间看书，所以来这里借书读书的人少得可怜。偶尔上去，也只见到管理员孤单的身影。这样的环境很冷清，也很安静。

其实，读书的地方，寂寞冷清又何妨？读书原本不是什么热闹的事，更不是熙熙攘攘的场面所能安放的。这样安静的环境，对于真正的读书足矣，也是绝佳的阅读环境。曾国藩甚至认为，读书不必在乎外在环境，"苟能发奋自立，则家塾可读书，即旷野之地，热闹之地亦可读书，负薪牧豕，皆可读书；苟不能发奋自立，则家塾不宜读书，即清静之乡，神仙之境皆不能读书。何必择地，何必择时，但自问立志之真不真耳"。此话固是不错，但对于我们普通人，安静仍为读书环境之必要。这里唯一不足的就是藏书太少。当然，这只是一个阅览室，不是图书馆，看看书浏览浏览各种报刊杂志，已是相当不错的。

在这里，你尽可静静地坐在书桌前，自由而放松，抚读你心爱的书，也可以抄抄笔记，写写文章。那些曾经翻过的报纸杂志，我早已忘记，借读的一些书我也记不起来了，唯一记得的是鲁迅的《中国小说史略》，我是慢慢翻、一字一字细读的，连编者作的注释都没有落下，我读得那么津津有味，事后自己也相当惊讶。可见，读书有时也是需要时机和场合的。与鲁迅的杂文相比，那时候我更喜欢他这本比较沉着安静的书，我不仅喜欢这样有点晦涩难懂的文言行文，还喜欢它丰富而厚重的趣味性，在我看来是这样的，无趣的东西很难持久地读下去。一部《中国小说史略》可以稍稍改变作为杂文家的鲁迅在世人眼中的印象不？事实是，鲁迅实在也曾经是个学者，大学教师。之所以创作这样一部学术著作，周作人认为是因为鲁迅自小就喜欢古代小说，后来经过了十几年的辑录和研究的缘故，当然这也是鲁迅对现实失望和不满而沉潜下来做自己喜欢的事的结果。在他人看来是枯燥乏味的事情，只要自己喜欢便可以做好，阅读也一样。

坐在阅览室的窗边桌前，偶尔还可以远眺窗外楼房林立的小城，看看那条川流不息的广三高速公路，也许它还连接着你日夜思念的家乡。此处楼上读书，实在是一种难得的享受。每每遇到烦恼和不悦，我便端一杯茶，独自上来这里待上一会儿。

巧的是，中学时代我在老家的读书时光也是在二楼度过的。当然，那个时候读的书很有限，也还处在不自觉的求知阶段，未必称得上真读书，而且主要以应付学业功课为主。那时，我们兄弟共学一室，共享一张大桌子，也说不上私密空间，大家都在那里写作业，写日记，乱翻书看。作为兄长的我还模仿他人风雅，在铁门用银色油漆抄写了那副有名的励志联："书山有路勤为径，学海无涯苦作舟。"当时，楼上走廊过道还没有浇灌水泥顶，完全是露天的，那字也就历经风雨，很多年都还在门上。字写得实在幼稚，不堪一看，现在想来真是好笑。其实，读书的精义重在心中，又何须显露在外？

家乡的景色优美，从我家楼上后窗户可一览无遗。竹林池塘环绕的村庄，绿油油庄稼的田野，远处长长的大堤下弯弯的小河，更远处莽莽苍苍如一幅巨大屏障的大山。恬静而秀美的田园风光，这里是祖祖辈辈的家园。这块土地并不那么肥沃，除了土地也没有其他资源可滋生养，但有土地就足够了。土地把人养活，书才能把人养大。跟中国很多山区农村一样，这里的人也没有其他更好的出路，南宋方渐说了一句很夸张的话："恃以为生者，读书一事耳。"很多中国式的耕读传统和生活就这样断断续续地保持下来。

我爱这楼上，有时未必真的认认真真读了书，可它是一个好去处，为阅读专门开辟的地方。说到阅读，不知何时，悄然兴起一种说法，叫"整本书阅读"。我很惊讶，一般的阅读不就应该是整本书阅读吗？我也能理解，这种说法或许是为了纠正时下互联网时代的碎片化阅读、网络阅读、段子阅读等，但阅读方式从来也都是多样化的，真正的阅读者不都是整本书阅读吗？国学大师钱穆在《师友杂忆》中回忆其"阅读史"：某次"遇学校假期"，走廊下卧读《后汉书》，忽悟自己读书"多随意翻阅"，有违曾国藩教人读书"必自首至尾通读全书"。当即痛下决心，"凡遇一书必从头到尾读"，"全书毕，再诵他书"。此后，钱穆读书终生即奉行此法。关于读书，曾国藩也确曾说过这样的话，其在家书中极力主张："无论何书，总须从首至尾通看一遍。不然，乱翻几页，摘抄几篇，而此书之大局精处茫然不知也。"此读书法，虽最为笨拙，却也最为脚踏实地不悬空。今人多怕苦，故挖空心思取巧，也就大多远离了书本，远离了阅读行为的本义。当然，读书方法不妨多样，只要最终回到了阅读本身。

阅读虽然可以分为泛读、速读、精读等，但对于笔者自己来说，如果没有将整本书彻底翻完，总感觉不算真正读完一本书，心里不够踏实，就好像是与人相交，只是打了个照面，彼此只知道对方姓名，没有深入交谈，更没有其他交往，怎算得上是真朋友？当然，整本书阅读，有时候会因某种原因一时很难读进去，我个人的阅读体会是——一本书不一定总是从第一页往后读，阅读方式也可以灵活多样，可以从后面往前读，也可以随意从任一页读起，只要读进去了，慢慢地，你也就找到了这本书阅读的门径，再从头开始看起也可以。当然，大多数好书一开始就能吸引我们读进去，一气呵成，受益匪浅。

除了整本书阅读，我也很赞同系统化阅读，系统化可以是就某一主题或某一作者的著作进行深入系统的阅读。比如笔者读大学期间尤其是大学一二年级，喜欢探寻和追问人生的意义，对此困惑多从书籍上去寻找那找不到的亦无法令自己满意的答案，由此读了大量古今中外哲人的思想随笔和哲学著作，包括很多的名人自传和传记。虽然至今我都还没有弄清楚人生的意义是什么，连最基本的认识都说不上，但那个时期却有了非常广泛和深入的阅读，接触到很多哲学家、思想家和学者的作品。此外，跟很多读者一样，笔者也会把自己喜爱的作者能找得到的全部作品通读一遍，甚至不止一遍，在我有限的阅读里，这样的作者比如有鲁迅、周作人、沈从文、汪曾祺、杨绛、钱穆、北岛、顾城、阿城、王鼎钧、朱天文、蔡澜、陀思妥耶夫斯基、川端康成、黑塞、卡尔维诺等。其实，所谓的系统化原本也可能是不存在的，只是随着阅读的深入，一本接着一本，一位作者接着一位作者地读下去，书读得多了，自成系统。系统化阅读，可以让我们更深入地了解一个主题或一位作者的全貌，之后便会有更客观全面的认识。

对于一位教师来说，如同跨学科听课一样，实际上还存在跨学科阅读，普通读者更是阅读无界限。跨学科阅读顾名思义就是不仅阅读本专业的书籍，还可以跨界到其他所有学科的范围，比较普遍的说法如"文史哲一家""史地不分家"，也正是因为隔行如隔山，学科之间有鸿沟，就更需要跨学科阅读了。在所有学科当中，文史哲应是阅读的一个最基本范畴，就好像语文是一个最重要的基础学科一样，它不仅人人可读，尤其是文史，比较通俗可解，更是人文素养的基本组成部分之一。作为一个老师，跨学科阅读既可以拓宽我们的阅读视野，也可以丰富我们的基本知识，如此，在教育教学中可以减少偏见和狭隘，更可以运用自如，且达到一定的高度。作为知识的传播地，作为知识的传授者，如果连学校里的老师都不读书，或者不大阅读，所谓的书香校园岂不是名不副实，书香又从何飘来？

对于阅读而言，不管有何提法，新论如何层出不穷，落脚点都应该回归到阅读本身。阅读是人类亘古又常新的行为。在笔者看来，自由应是阅读的最高境。当然，阅读关己，可以与他人无关，与环境无关，甚至与书籍也可以无关。

我爱这多年前的楼上读书的经历，因为我知道，楼上读书教给人一种品格、一种精神。楼上读书是一种审视的姿态，一种离开地面的姿态。离开地面，离开世俗。读书必然离开了世俗的喧嚣。

楼上读书，也是一种远离，"生活在别处"，生活在心灵驰骋的世界。卡夫卡说："除了一个精神世界外，别的都不存在。"只要你用心去感念，确实存在一个个人的精神世界。唯一需要提醒自己的是，楼上读书，既已离开现实的地面，切不要误把"空中楼阁"当作真实的现实。

其实，对于真正的阅读者，楼上读书也好，楼下读书也罢，本无什么区别，也无所谓苦与不苦，更无所谓孤独寂寞。因为阅读就是生活，就是人生。

（载于《师道》，2020 年第 8 期）

"问学谏往"：政治学家萧公权的教育省思

　　熟悉政治学和思想史的人可能知道萧公权这个人，他的《中国政治思想史》是这一领域的代表作。萧公权（1897—1981 年）是我国 20 世纪著名的政治学家，早年就读于清华大学，后赴美留学，1928 年获康奈尔大学哲学博士学位，此后历任南开大学、燕京大学、清华大学、台湾大学、华盛顿大学等大学教授，一直从事研究和教学工作，著述颇丰，有《政治多元论》《宪政与民主》等。1948 年当选"中研院"第一届院士。对于《问学谏往录》，萧公权谦逊地说："追述我求学教学的经历实际上就是检讨我种种的不长进。年过七十，往者既不可谏，来者也少可追。""问学谏往"，当然是以学问为中心，包括作者说的"求学教学"，作为一个终身从事学术研究著述和教学的知识分子，作者当然具有他的教育教学思想，而又是政治学的学者，作者是否更有别具的眼界呢？那就见仁见智了。只是笔者读完此书，深深赞同作者的很多见解和思想，故于此不惮"抄书"和烦琐。

　　萧先生此书当然不仅仅是只"录"其求学教学经历，亦还有其他人生足迹，如家庭生活、师友交往、诗词唱和（萧先生喜好古诗词）等，但仍以"问学"为主，反映了一个有自己治学思想和精神的知识分子的人生阅历和感悟。所以我此文所讲的"教育思想"，实乃广义之教育思想，包括问学（治学）和教育思想，因为在笔者看来，作为一个教育者不仅仅是有意识地为教育而教育的思想，其本身为学为人的观念和品质对于学生也有莫大的潜移默化的影响，甚至更为重要，这也正是我们经常说的"言传身教"，所以为师者广义的教育思想不妨包括其治学、教学和教育思想。不然，本文就要改名为"治学和教育思想"了。

一、"救国必先读书"和"学而优则仕"

1918 年 8 月到 1920 年 8 月整两年时间，萧公权考入和就读清华学校高等科（即后来的清华大学）三年级和四年级，由于是"插班生"，萧先生在清华的时间只有两年，所以苦读非常，比许多人更珍惜。其间"躬逢'五四运动'之盛"（《问学谏往录》，下同），青年学生血性激进，多不能安静读书，但萧先生却"只是埋头读书"。萧先生有自己的看法，"这并不是因为我没有爱国心"，"国家兴亡，匹夫当然有责。但匹夫要能尽责，必须先取得'救国'的知识和技能。仅凭一腔热血，未必有济于事。读书应该不忘救国，但救国必先读书。这个看法适用于文人，也适用于现代的军人"。这一问题恐怕各有见解，亦不妨各持己见，各自行动。

于学生言，救国与读书，孰先孰后，还是无论先后，不必先后，可先可后，此乃见仁见智的问题，也不必过分苛责谁，况且作为个人都有自己选择的权利和自由。当年的胡适先生与萧先生于此问题上倒是不谋而合。胡适认为"救国的事业须要有各色各样的人才；真正的救国的预备在于把自己造成一个有用的人才"

（胡适《爱国运动与求学》）。胡、萧两先生的观点在当时的历史大背景下，或许是"不合时宜"的。直至今天对此问题我们因自身所受教育的影响恐多持相反见解，对于此"不同"有无足够的包容？只是有了选择，便有了不一样的人生。多年后，萧先生在美国留学，看到人家教授专心治学授课，学生用心读书，不禁感慨："在国家富强，社会安定环境之中，青年知识分子很少作'政治活动'。"

"救国必先读书"是萧公权在清华两年关于求学的认识，也是两个"最大收获"之一，其一则是关于"学而优则仕"的认识。我们对此观点多持否定意见。但萧先生认为古人这句话有其真实性。"在现代的生活中，'仕'应当广义解释为'服务社会'，不必狭义解释为'投身政治'。政治不是人群生活的全体，政府也不就是国家。'从政'以外尽有个人效忠于国家于社会的行动场地。'匹夫'可以对祖国的经济、教育、科学、文艺等工作有所努力而肩负'兴亡'的责任。"这些见解相当有道理且深刻。

二、"素质教育"

1920年秋，萧公权与同学考取庚款公费留学远赴美国，在大学主修政治哲学，此外，萧先生花了不少时间选修音乐、水彩画和油画等，此举在现在看来，真乃"素质教育"也。萧先生自认为"毫无音乐天才且年纪不小"去学小提琴和乐理，"诚然是胆大妄为"，但自己"也有一番道理"。好个一番道理，时刻独立思考自然独立见解。且看萧先生如何讲，"中国古代的教育除了修己经世之学以外，还包括陶冶性情的'乐教'。在'六艺'——

礼乐射御书数之中，'乐'也有其地位。"萧先生还举出例来，孔子就能琴能歌。

当然，理是那个理。不过，兴趣才是最好的老师，萧先生儿时就喜欢吹箫，故对音乐有着浓厚的兴趣，不然，再"动听"也未必就一定是"好听"的，更遑论枯燥的音乐理论了。笔者在大学读书时候就深有体会，笔者选修过"古典音乐"课，不过对于乐理知识一直是一窍不通，无论是当时还是现在。待到修完结业考试，自己对那些乐谱和理论知识实在是云里雾里，幸是老师手下留情，我也就勉强过关了。不过经过一学期的"熏陶"，我倒是有那么点喜欢古典音乐了，尤其是钢琴曲、小提琴曲。只是对于乐理，一如既往一窍不通。所以没有浓厚的兴趣，再加上天赋，何为"好"此不"好"彼？所以萧先生最后也说"对音乐的兴趣却愈趋浓厚"，而且萧先生学作曲亦有了不小成绩——为四川大学校歌作词谱曲。

此外，萧先生还在密苏里大学学了两年水彩画和油画。可能画得还不赖，以至有教授劝他"专学绘画"。好在萧先生自知努力的方向，"我学画并不是妄想成为一个画家，而只是想增进一点鉴赏艺术的能力"，不然，中国可能就少了一个有成就的政治学家了。

萧先生学音乐、学画画，是真能"好"之，学艺术是为了"增进一点鉴赏艺术的能力"，进而自然能够提高一点艺术的修养，对人格和情操不无好处。对艺术尚且如此，读书人一般对于文学的修养更应有所好，萧先生没有讲他对文学史学的修读，但归国后，他与朱自清、吴宓等颇多诗词唱和往来，可见萧先生文学之修养。

三、"放眼读书，小心抉择"

　　教师能传授给学生的包括文化知识、治学方法和精神，甚至是人格品行等。萧公权一生从教，治学成果累累，关于治学亦自有见解。那时，胡适的治学名言"大胆假设，小心求证"在学界广为流行，萧先生也颇为认同。但他认为在假设和求证之前还有一个"放眼读书"的阶段，且认为："书"字作广义解，包括有关研究题目的事实理论等的记载。萧先生认为，"经过这一段工作之后，作者对于研究的对象才有所认识，从而提出合理的假设。有了假设，回过来向'放眼'看过，以至尚未看过的'书'中去'小心求证'。看书而不作假设，会犯'思而不学则殆'的危险"。对于"放眼看书"，萧先生认为包括两层工作："一是尽量阅览有关的各种资料，二是极力避免主观偏见的蒙蔽。"在长期的学术研究训练中，萧先生还结合荀子的名言："以仁心说，以学心听，以公心辩"，改成了自己的学术座右铭："以学心读，以平心取，以公心述。"

　　很多年以后，萧先生仍然认为，"放眼读书"，认清对象，然后提出假设，小心求证，这一套方法和程序对于撰写学术论文非常有用。对于胡适那一方法，好也是好，但萧先生认为，"不曾经由放眼看书，认清全面事实而建立的'假设'，只是没有客观基础的偏见或错觉"。照我看来，此论虽然未必全是，但也比较中肯，毕竟学术问题的研究重在客观真实，不经一番深入的阅读探究便匆忙持论难免失之偏颇，难以公允客观，也就失去了学术研究的意义。不过萧先生仍然比较小心谨慎，多年后，在此心得的基础上还补充提出了"小心抉择"一说，且说："这一步工作做得相当充分了，不必去大胆假设，假设自然会在胸中出现，不必去小心求证，证据事先已在眼前罗列。"

"放眼读书"始终是萧公权学术研究的路径之一，在归国任教后，他也始终把这一治学方法教授给学生，且要求学生常做研读报告。他认为研读报告的意义在于培养研讨的能力和取得写作的经验，"写一篇报告，实际上是在自己治学的初基上安放一撮泥土，一块砖石"，对于以后的治学帮助良多。

四、"教育自由"

萧公权一生投身教育事业，作为一个终身以教育为职业的学者，他对教育当然有自己的看法和见解。所以该书特地辟有一章专"谈教育"，有意思的是，萧先生在"谈教育"前冠以"是亦为政"四个字，大意是谈教育也是"为政"的一个表现，这与他前面所讲的对"学而优则仕"的理解是一致的，教育者以教育为业，服务国家社会，"是亦为政"。既是"谈教育"，故萧先生的很多教育思想都集中于此章，读者自己不妨仔细去看。在我看来，萧先生对于教育有自己的诸多见解，这些见解详尽而平实，但归结到一个根本点上就是提出了"教育自由"的思想。

对教育开出了自己的药方，萧先生当然是对当时的教育症结有所了解，有感而发。针对当时中国的高校偏重理工学科而限制文科的政策，萧先生直斥为"粗浅的实用主义"，认为是教育停滞的一个主因。"教育家和学生往往不能认清大学教育的真正功用在培养青年人的求知欲，在坚定他们为学问而问学的志趣。"急功好利，企求速成，不肯埋头读书，"他们既没有实在的学识，便不易成为真正的有用人才"。不管是实用主义，还是急功好利，这都是没有

"笃实好学风气"的表现。萧先生由此担忧，"我们的高等教育不但难于产生优秀的哲学家、政治学家、经济学家、和其他现代国家应有的人才，甚至也未必能够产生卓越的科学家。"这一担忧放在今天仍是多么惊人的相似，钱学森先生也有过类似的忧虑，不幸被萧先生于半个世纪前就言中。不是萧先生的"预言"有多准，实在是有什么样的教育政策和学风，必会得什么样的结果。

那要怎么寻找出路呢？萧先生认为，要培养"敬业"精神，而且"最好从所谓知识阶级做起。号称最高学府里的师生应该有为读书而读书的态度。有了这种态度，学术才能迈进"。这还是要从教育本身做起。"我们必须设法让教育在适宜条件之下，自力生长。这是根本的办法。"怎样才算是"适宜条件"呢？萧先生1947年发表了一篇"谈教育"的重要文章《论教育政策》，文中指出："教育文化是一种前进的努力。愈是自由，愈能发展。""政府诚然应当酌量监督，然而不适当的干涉会使文教的生机枯萎……'讲学自由'只能在师生自动自择条件下存在。因此政府对于文教机关的监督应当避免干涉课程的内容、教员的思想，以及师生的一切学术活动。"此乃"教育自由"也！对此，萧先生又更直接地指出："发展教育最妥的方法是把地方自治的原则应用于教育文化机关。""地方自治"是那个年代特有的行政管理形式，地方虽不能完全"自治"，然而体制框架已备，可待完善即可。那么是不是政府就"放任"了呢？答案是否定的。"国家把教育的责任交给学校，交给教师，而向他们责取应有的成绩，这才是合理的监督。"

若是没有教育的自由，无论哪个方面，政府恐多无能为力。萧先生举例说明，比如教育对优良品德的培养的功用，就不是政府管制所能达成的。"如果师长、父兄，乃至政府和社会人士的榜样太坏了，当局者纵然三令五申，勉励青年向善，他们还是难以听从。"这就需要"教育当局必须用教育的精神和方法去推行教育政策。部长厅长们应当有教育家的风范（略如黄梨洲所谓诗书宽大之气）和尊重学术的诚心，以为全国或全省师生的表率。师道果能尊严，学术果能见重，多数师生自然潜心向学"。所以"政府何必干涉讲学的内容和学校的生活呢"？

针对当时国民政府的"党化教育"，萧公权很是批评，极力主张"教育自由"和"学术独立"，而这些不仅是萧先生的个人意见，也为多数知识分子所赞同。后来，国民政府提出各级学校内部不设党部，我也认为是一种"政教分途"的明智决策，今后应求"实现学术独立的民主教育"。只是时局混乱，学风颓弊，许多年后萧先生忆往，唯有暗叹"痴人说梦"了。

最后，还要提一下萧公权先生的教学思想，萧先生留美求学，深受导师教学方式方法的影响，在书中多次提到早年教授的指引："导师的职务（原书如此，应为任务——笔者注）不是把自己的见解交给学生去阐发，而是鼓励他们去自寻途径。"这不也是自主探究的意思吗？章学诚先生也说过："人生禀气不齐，固有不能自知适当其可之准者，则先知先觉之人，从而指示之，所谓教也。教也者，教人自知适当其可之准，非教之舍己而从我也。"（章学诚《文史通义》）萧先生认为这是很好的方法，且强调大学教育的功用不只是传授知识，而是使学生各就其适可之准，"向着学问之途，分程迈进"。萧先生还提到国外有"教学等于再学"（To teach is to learn twice）的说法，与我国"教学相长"一说相近，颇有道理。

（载于《师道》，2017 年第 5 期）

瞧，这书！

——读《瞧，这人：日记、书信、年谱中的胡适（1891—1927）》

瞧，这书！

邵建先生的这本《瞧，这人：日记、书信、年谱中的胡适（1891—1927）》，从书名上看，可知它非一般的学术著作，虽然它也有专业学术研究的严谨，邵先生所追求的"理性思考，感性表达"，这本书做到了。窃以为，史学文章常因其实而失之于烦琐，文学作品却又天马行空，修辞无边，往往失却实在而空泛（当然这并非文学之过，恰是其长），在我看来，都不够耐看，于我等一般读者，更追求可读性，首先要好看，看得下去。如此，个人历来喜欢文史兼备两者写作手法结合之作，因为其可读可信耐看，也好看。邵建先生所主张的"理性思考，感性表达"，不妨可以大致这样理解，"理性思考"乃从（历史）事实出发因而实而信，"感性表达"不妨灵活多用文学手法故而生动灵巧，但要做到二者水乳交融并非易事，非有扎实的史家工夫和相当的文学功底不可。瞧，这书做到了。

他什么都没有完成，但却开创了一切

邵先生说，此书名借用作为德国那个时代精神风向标的尼采的同名书，胡适也是他那个时代的一种精神风向，可惜，我们的历史在那个时代错失了"胡适"，他的思想最终没能成为那个时代的主流。因而，我们今天的时代和社会从来就缺乏另外一种精神乳汁作为我们的养分，也作为内质的一种传统甚至作为流动的血液。以史为鉴，"也正如此，今天，我们更需要穿过历史的烟尘，好好打量一下这人和这人的思想"。此言极是，这恐怕也正是邵先生写这书的主要原因吧。因而，走近那历史，也就是走近"胡适"，走近思想。

这书的封面有一句话，虽未免夸张却也十分有道理：他什么都没有完成，但却开创了一切。没有"完成"，没有完成的很多，学术上，胡适多有"半卷遗恨"，这也是我以前不以为然之处，我更主张"纯粹的书生"。而胡适注定不会是"纯粹"的，历史有它的选择，你拿它一点办法都没有。胡适自有他的道路，如果胡适是纯粹的书生，那将不成其为今天的"胡适"。历史正是这样造就"这人"。"我的朋友胡适之"，历史的朋友，社会的朋友，时代的朋友，然而却曾经不是"我们"的朋友，那个时代的批判和抛弃，正是与正确价值和精神的背离和割裂，以致今天的我们在某些方面存在严重不良。胡适至死都没有看到他所追求的东西在中国变成现实，不管在哪里。胡适所"开创"的精神资源在彼岸最终确是开花结果了，在我们却至今仍是非常稀缺的，这不仅是自由，也有"宽容"，没有宽容也就没有自由，甚至宽容比自由还重要。在今天，"我们需要的不仅是宽容的意识和能力，我

们更需要宽容的制度"。邵建先生认为，书里的走近"胡适"，
"其诉求也就是走近'宽容'"。勿忘历史，我们走上了"斗争
哲学"的不归路，"这条路，你死我活，一走就是一百年"。我们
的精神世界里，宽容依然是一种稀缺元素。邵先生坦言："虽然
我认同并欣赏宽容，但宽容的能力在我身上依然低弱，除了自身
的性格偏激，毕竟我还吃过前一时代的精神之奶，中过'毒'的
我尚需长期克己。"（邵建《瞧，这人》）谁人不是？我们天生
营养不良不足，等到明白这一点，已成习性，中毒已深，疗治的
过程是漫长的。而有些人至今或未能认识这一点，或还在刻意遮
掩和躲避。只有待到大多数人都清醒地觉醒而有能力和"能"能
力的时候，我们才是有救的。从这意义上，北岛主编的《七十年
代》，他们既是在反思那段历史，也是在自我疗治历史的伤口。

实验主义的歧路

要让"胡适"再次重返历史前台，让我们这些极缺某些精神
养分的人重新认识胡适及他的意义，"穿过历史的烟尘"，使一个
可信可亲可敬的胡适向我们走来，这需要投入相当的精力研究。
邵建先生对史料的收集整理，不仅包括如书名所示的日记、书信
和年谱，还涉及众多文献资料。对自己倾慕的人，往往容易在思
索、考究和得出结论的时候有偏颇，难以持平。然而，本书给笔
者的感觉没有。"瞧，这人"，这人固有那么多的可敬之处，有些
时候亦难免一时"迷"了眼睛，作者如实叙述，客观批评。如早
期胡适难以区分自由主义和社会主义的价值分野，邵先生认为是
因为胡适对古典自由主义尤其是洛克的理论缺乏了解，胡适在美
国习得的自由主义主要是来自英国密尔和导师杜威。这一不足导

致后来胡适对苏俄的所谓社会主义理想的试验产生了偏颇认识，邵先生以徐志摩为参照，用全书其他章节未有的六个篇幅来进行详细论述和比照。"两个人的莫斯科"，徐志摩是用一颗自由主义和人道主义的心去感受和判断莫斯科的一切，对苏俄多冷静加一针见血的揭露和批判，以至我很想找他的《欧游漫录》来看。胡适则是先抱有一个混淆不清的观念即社会主义是自由主义的新发展，"认为苏俄走的正是美国的路，苏俄社会主义正是美式自由主义的发展"，是"新自由主义"，且说"至少应该承认苏俄有做这种政治试验的权利"，不愧是杜威实验主义的高足。对此，邵建先生提出了自己的疑问，批评自在其中：胡适应知一个人的自由应以别人的自由为界，大规模的政治实验是否会超过实验权利的边界？权利逾界就变成了权力。"是不是每个人都自愿地从事这种实验呢？"显然未然。邵先生最后得出结论：胡适苏俄之行，"迷"了一只眼睛，乃是实验主义的强势踏破了自由主义的底线。

想想也是，实验主义和社会主义马克思主义在一定程度上又何其相像，邵先生说它们有"家族相似性"，两者都强调"行"，即是实验主义的"实验"和马克思主义的"实践"，认为"行"是检验"知"（真理）的途径。"行"，实验、实践，固然不必恪守任何先有的教条，但是因此就没有了必要的底线了吗？实验主义总得有一定的"原料"和操作程序步骤，这些从自由主义去看总不能以剥夺和妨碍他人"实验"和"不实验"的自由为界；而马克思主义的"实践"则未尽然，它是一种社会暴力的革命学说，只有无条件地接受，没有商量的余地，又是何其不同。胡适对苏俄革命政权的赞赏，未必不是胡适自己"理想主义的高蹈"，也未必不是胡适对当时中国腐朽政治绝望而急切的"热望"。胡适当然也有热血冲动来不及冷静细思而偏离固有思想理念的时候。这些难免不导致"歧路"。

胡适自美留学归来，原本立下过"二十年不谈政治"的决心，然而后来如大家所知。胡适是一个有社会人文关怀之情的学者、"舆论家"和思想家，新文化运动白话文运动暂且不说，社会启蒙和救亡的大潮卷走了胡适，对政治保持"不感兴趣的兴趣"，对于时政他多有参与，亦引发不少争议。对此，邵建先生对其抱以"同情之理解"，"从根本上来说，胡适还是一个自由主义者，但在某些特殊历史时期，胡适是把大局放在个人自由之上。"这一"放"，便造就了不一样的"胡适"，于历史是幸，于个人为不幸否？一言难尽，历史正是这样不可捉摸。

自由、责任、容忍

但我读此书，始终是如沐春风。从国门走出，经过欧风美雨的浸润和洗礼，奉自由和宽容为圭臬的胡适始终是温情款款，可亲可敬。其实，从前拜读罗尔纲先生的《师门五年记》，就已领略过胡适春风拂面的作风和为人。这也是胡适一直成为我阅读重点的原因。作为学者，胡适始终抱定"研究问题，输入学理，整理国故，再造文明"的理念，亦始终都有"清明的理性"。关于胡适及其思想，邵先生在书中多有阐述和解读，也令我受益匪浅。如谈民主，民主政治其实就是"会议政治"，"20世纪中国民主进程的最大亏蚀就亏在那些人把民主仅仅变成了可以利用的口号和目的，它几乎从来就没有被当作一种程序"。胡适深知技术程序的重要，以致对北洋军阀的"联省自治"也多有赞同，且出席颇有争议的会议，可惜北洋的议会试验失败，国民党的党治却成功了，从此开启了通往"极权主义的党治大门"。

自由的思想，在胡适那里并不是孤立的，自由始终与责任、容忍（宽容）联系在一起，成为有机整体，不可分割。邵先生认为，"把自由和责任放在一起谈，是对那个时代乃至今天的一种纠偏。没有责任的自由和没有自由的责任同样可怕。"容忍（宽容）是20世纪中国最稀缺的价值资源，不容忍给国民带来了可怕的后果。然而，胡适总是那么"不合时宜"，热血革命洪流滚滚，他却主张宽容的理念；救亡运动高潮当前，他力劝学生救国不忘读书，以读书为重。道理是那个道理，却总是显得那么的孤独无援。"他和20世纪的主流精神如此不合，张口就像个时代落伍者。"一而再，再而三，最终从"青年导师"的"百尺竿头滑下来"，为"进步"青年所抛弃。这是胡适的不幸，也是历史的不幸！

对于胡适，邵建先生直言，之所以欣赏胡适，"便是他作为一个具有人道之念的世界主义者。成为一个国家主义者也许不难，这很可能是一种自然；而成为一个世界主义者，则需要超越这种自然，更需要超越那种可怕的国家主义。""万国之上犹有人类"，有这样的思想，根本上是因为有宽容之情，能容忍，懂责任，爱自由，"这人"正是胡适。

《瞧，这人：日记、书信、年谱中的胡适（1891—1927）》，以人带史，再现历史，"感性表达"，多有精彩"看处"。书中多有历史观照现实，现实联系历史之处，此因二者本是相关联相照应共同组成时间纵坐标，无法彻底割断时间一体性的脐带，这正是邵先生对当下现实的关怀之情。若说不能让人感觉完美之处，恐是每一章节中行文多有"补""附""案""插"，甚至有连续的"补一""补二""补三"，略显烦琐，但这也正是史家写法，忠于史实罢了，算不得什么，并不影响读者阅读的顺畅。笔者是不觉其烦的。此外，细心的读者早就发现，此书仅仅是讲述胡适的前半生，止于 1927 年，邵先生在后记中也早有声明，"专写"胡适的前半生。那后半生呢? 胡适亦有非常精彩的后半生。不知邵建先生何时成篇，我们拭目以待，继续来"瞧，这人"!

（载于《师道》，2018 年第 5 期）

秋日的里尔克

此时坐在窗前，北风从屋子的另外一边进来，吹着我的肩背，感觉有点冷。我正沉浸在里尔克的世界里，快收尾了，已经是书的最后尽头了。这几天都在翻读冉云飞先生的《尖锐的秋天：里尔克》，在这萧瑟北风的深秋，正好。

窗外，校运会广播正闹着，那里有一个青春运动的世界。而喧闹从来都跟我无缘，那样的境况下，我只会更觉自己是孤独的。读里尔克的诗恰好，读他本人更合适，因为对于诗，自己不一定读懂，常常是依着自己的理解从自己的方式去解读，也就只能永远在渺无际涯、深不可测的诗海里吸取极微小的一点作为自身的营养。读诗有什么用，我只是靠自己去吸取一点自己喜欢且对自己有点用处的营养而已，读书也是存在主观功利性的啊，不喜欢，你怎么会去读呢，尽管这样的功利不是一般的功利。很多人说诗不容易看懂，是啊，有些诗确实写得晦涩又难懂，但是在我看来，与小说散文相较，好的诗歌更能直接地触碰到我们内心最柔软的地方，感动和温润我们日益麻木和硬化了的心。诗人于坚说得很对："读一首诗就是被击中。而不是被教育。"

万事万物都要有缘，没有缘分，东西再好，也只是它们而已，关卿何事？"我们相知不深，因为我不曾与你同在寂静之中"（梅特林克）。常常慨叹，这世上好书太多，可很多都跟自己没缘，或是缘分未到。什么人读什么书，什么时候读什么书，什么地方读什么书，或许是冥冥中上苍安排的，不然我们为何总会为寻寻觅觅而烦忧，而无奈。在我自己有限的阅读里面，外国诗歌读得并不多。同很多人一样，我也认为我们作为普通读者跟外国诗歌还隔着一层翻译。翻译难，诗歌翻译尤难。或许诗人翻译诗歌，诗人谈诗歌，这样的书会更好看些。所以我个人非常偏爱穆旦、冯至、王佐良、北岛、王家新、黄灿然他们的译诗，因为他们本人就是非常优秀的诗人啊。帕斯捷尔纳克认为，"译作应能同原作平起平坐，它本身是无可重复的"。（王家新《翻译文学、翻译、翻译体》）是的，这样的译诗才是真正的诗。王家新也说过，一个优秀的译者不是"翻译机器"，他应该是诗的"分娩者"和创造者。

冉云飞先生这本谈诗人里尔克的书我至少是读进去了，且为之深深吸引，因为作为学者的冉云飞早年也写诗，后来又出过一本好看的谈唐诗的书《像唐诗一样生活》。北岛说："一个好的译本就像牧羊人，带领我们进入牧场；而一个坏的译本就像狼，在背后驱赶我们迷失方向。"（北岛《时间的玫瑰》）许多伟大的外国诗之所以进不了我们的内心，实是译本不佳啊。坏的译本横在我们面前就是一堵墙，我们终是不得其门而入。说来好笑，大学时代由于能读懂一些简单的英文，我曾读到美国诗人罗伯特·弗罗斯特的《未选择的路》（*The Road Not Taken*），当时非常感动，背诵后黯然落泪，这或许是我唯一能读懂原文且非常喜欢的英文诗了。相比之下，该诗的汉译，无论如何都没有了原诗的意境和神韵。反之，是否亦然？世人都知唐诗宋词不可译，不仅不可英译，亦不可今译。

其实，里尔克的诗，稍有阅读的人都不会陌生，他最为我们熟悉的《豹》好些人都读过，但我也只是匆匆而过。不应该错过的，茫茫书海，与你有缘分的东西本就不多，该反思自己的阅读方式和途径了。怎么会错过呢？深受里尔克影响的中国诗人冯至，正是他把这位伟大诗人的诗翻译到中国的土地上得以传播的，当年我在图书馆几乎把冯先生的诗都看完了，而冯先生的诗是公认的深印里尔克的痕迹。我应该从冯先生那里溯源而上，或许能有机会看到更广大的风景，很遗憾，没有。不过，或许是里尔克的诗本身就不太易为人理解，没有一定的年龄和人生阅历，他的诗是不易被我们接受的。这也正是里尔克的诗"凝重苍凉"的原因吧。

寂寞和孤独经常是里尔克的主题，其实也是诗人们共同的主题，只不过对于里尔克是永恒的，伴随一生，不仅仅浸透在诗歌里面。诗人自己这样说："我是孤独的但我孤独的还不够，为了来到你的面前。"你是谁？"你要爱你的寂寞，负担那它以悠扬的怨诉给你引来的痛苦。"这痛苦，最终也将结晶为艺术，为诗歌。里尔克在写给青年诗人的信里一再讲到寂寞，实是诗人自道："我们最需要却只是：寂寞，广大内心的寂寞。走向内心，长时期不遇一人——这我们必须能够做到。居于寂寞，像人们在儿童时那样寂寞……"寂寞，这个永恒的话题道出了人存在的本质。我喜欢这一句："孤寂好似一场雨。／……这时孤寂如同江河，铺盖大地……"，诗人冯至的名作《蛇》也为我们留下了一条寂寞的长蛇的意象。由诗人冯至来翻译诗人里尔克的诗是最恰当不过的。

最喜欢《秋日》这一首短诗，在这样深秋的时节，读它恰好：

> 主啊！是时候了。夏日曾经很盛大。
> 把你的阴影落在日晷上，
> 让秋风刮过田野。
>
> 让最后的果子长得丰满，
> 再给它两天南方的气候，
> 迫使它们成熟，
> 把最后的甘甜酿入浓酒。
>
> 谁这时没有房屋，就不必建筑，
> 谁这时孤独，就永远孤独，
> 就醒着，读着，写着长信，
> 在林荫道上来回
> 不安地游荡，当着落叶纷飞。

诗人北岛因这首《秋日》把里尔克列为 20 世纪最伟大的诗人之一。而对于中国当下的译诗，北岛同样颇为担忧。他的《时间的玫瑰》就是一本谈诗人、谈外国诗歌、谈诗歌翻译的随笔，所选的九位 20 世纪西方诗人，作者认为称得上是最伟大的诗人。其中很多选诗由于不满前人的译本，北岛都亲自再翻译，即便承认冯至这首《秋日》译得比较好，他还是再次参考其他译本在冯译的基础上再修改"攒"成另外一首，读者有兴趣的话，也可以去翻翻看，我个人感觉确实比冯至上面这首译诗更简洁有力，节奏感也更好。但我仍认为冯至这首已是相当精彩了，而且冯至懂德语，译诗是从德语直接翻译过来的，北岛是参考英译在冯译基础上略作修改而已。

"谁这时孤独，就永远孤独"，多么决绝，多么令人绝望。但是这孤独对于人类而言实在是永恒的，因而也就"不必"那么惧怕，尽管是"不安"的，"当着落叶纷飞"。这种孤独不是在寒冷衰败的冬日，而是在最佳的秋日，秋风、秋实、秋叶，这是一种怎样纷繁的意象呀？虽孤独，而不孤寂。里尔克深知其理，所以他也主张"居于幽暗而自己努力"。诗人懂得"居于幽暗而自己努力"，便懂得了承受，一往而前。如诗人自己所说："因为在根本处，也正是在那最深奥、最重要的事物上我们是无名地孤单。"

我也喜欢冯至"十四行诗"中的一首：

什么能从我们身上脱落，
我们都让它化作尘埃：
我们安排我们在这时代
像秋日的树林，一棵棵

把树叶和些过迟的花朵
都交给秋风，好舒开树身
伸入严冬；我们安排我们
在自然里，像蜕化的蝉蛾

把残壳都丢在泥里土里；
我们把我们安排给那个
未来的死亡，像一段歌曲；

歌声从音乐的身上脱落，

归终剩下了音乐的身躯

化作一脉的青山默默。

读完此诗，我也仿佛自己身上有什么东西在脱落，在这样的秋日。我甚至怀疑，冯至是翻译《秋日》之后，意犹未尽，又作了这首属于他自己的"秋日"之诗。

诗人也有流浪和漂泊的一生。作为出生于布拉格的奥地利诗人，里尔克主要是德语诗人，也用法语写作，长期生活在德国柏林和慕尼黑，旅居意大利、法国等地。里尔克说："我属于这么一种人：他们只有在以后，在第二故乡里才能检验自己性格的强度和载力。"漂泊不安的人生，是现实使然，也是诗人自己的抉择，他们总在寻觅、探求、追逐。人都在追求自身的安身立命之所在，可要命的是，我们永不可能找到，人永不会有自己真正的故乡。故此，痛苦也就是永恒的。冯至先生除了翻译里尔克的一些经典诗歌，还翻译了里尔克的《给青年诗人的信》这本了不起的小书，这本小书对于了解里尔克关于诗歌关于诗人有非常直接而重要的帮助。比如他给学写诗的青年建议："只有一个唯一的方法：请你走向内心。你要躲开那些普遍的题材，而归依于你自己日常生活呈现给你的事物；你描写你的悲哀与愿望，流逝的思想与对于某一种美的信念——用深幽、寂静、谦虚的真诚描写这一切，用你周围的事物、梦中的图影、回忆中的对象表现自己。"这已经是诗人自己很具体而微的写诗经验之谈了，对我们读他的诗也有莫大的帮助。

小心翼翼合上书，读这本书的时候也是战战兢兢的，在图书馆二楼找出这本满是尘土的书，或许多年来都没什么人动过它，它的装帧也太差了，一翻就散，后来翻读它时不敢翻得太开，唯恐弄散弄坏了。合上书，意味着读完了，其实远没有读完，更没有读懂。只不过完成了一个过程罢了。"伟大的诗歌如同精神裂变释放出巨大的能量，其隆隆回声透过岁月迷雾够到我们"（北岛）。但诗歌永远不会是大众的，可又有什么关系呢？诗本不可言，不可教，不可解，或者说各有各的读法。这么多天，我都沉浮在里尔克的诗海里，它让我多了一些感知，多了一些思索，也多了一些对孤独的爱。于我而言，这就足够了。

抬头望见窗外，明黄的阳光照射在室内深红的帘子上，窗外的花坛还是绿的，我眼前一亮，多么强烈的色彩对比啊！不过，在阳光斜照的窗玻璃上，留下的是防盗网斑驳的影子，我仿佛看到了一只豹子挪动的身影，渐渐地令我昏眩。这或许就是里尔克的豹？好在这样的秋阳暖暖的，也很是舒适。如此，诗歌也不只是冷色的，生活也应还有暖阳。

（载于《师道》，2018 年第 9 期）

意义·无意义

文学不是我的专业，只是喜欢看看，仅此而已。大凡社会中人，都会接触到文学作品，不然作家们还能写给谁看？文学作品的受众定位，当然可以是"大众"，也可以是"小众"。好作品不一定都能大受欢迎而成为"畅销"，畅销的也不一定就是佳作，想要迎合大众就免不了媚俗，媚俗也不是不可以，毕竟各有其自由。这些都是"常识"的话而已。

对于我个人的阅读经历而言，我总觉得自己书读得太少了，尤其是小说，当然其他的也未必就读得多，只是相对于一般人喜读小说，我读的小说实在是少，以至于过去很长一段时间都有点"轻视"小说，以为"无非是些故事""编故事"，这正陷入了轻薄无知的局限和认识的误区，现在想想都汗颜。当然，我不读和少读小说，也有客观原因，小说往往部头大、耗时多，有些现代小说也实在是很难一气读得下去。不过这样说也不恰当，现代中外还是有很多极佳的小说的，主要基于我对小说的错误和狭隘认识，小说就成了我长期以来读书的一个"漏洞"和"死角"。小说文本尚且如此，小说的文学理论就接触得更少了，更何况我又非文学科班出身的。即使偶尔读到一些文论，也是囫囵吞枣，不明就里。很多的文本包括文论和文学评论，名词倒是堆砌得很多，自己的东西、真知灼见的东西几乎很难读到，我读海外学者王德威的《当代小说二十家》就感觉他的学术研究的可读性丰富性，非一般（注意我说的是"一般"非所有）学术文章可比。这样说必将得罪不少人，但没有办法，我只是凭自己的感受照实说，况且我又非专家，不具备评论的权威性更非定论，一己之愚见和陋见，岂能当真？当然，我们仍然有很多才华横溢颇有成就的学者如陈平原、钱理群、陈思和等，我亦颇爱读他们的学术文章。但海外对我们的学术水平和教育质量颇抱怀疑态度倒是大家所略有耳闻的。我认为这也正是当下学术界的一个很能折射些东西的一个"缩影"。但环境归环境，个人归个人，现在看来，其实主要是我自己的阅读局限造成的，太"正统"的阅读教育，太正统的文论，加上自觉不自觉的意识形态的钳制，哪会有什么真正鲜活生猛的东西？让一个人生命中的某些时候体验一次的难忘经历？疼痛而绝望的阅读经历？

认识了自己的愚钝，就得自己去努力学会抉择，学会自主索取，如邵建先生说的"毕竟我还吃过前一时代的精神之奶，中过'毒'的我尚需长期克己"（邵建《瞧，这人：日记、书信、年谱中的胡适（1891—1927）》），如黄子平先生讲的"对少年时期起就积累的阅读积淀的一次自我清理"（黄子平《"灰阑"中的叙述》）。只是我自己的阅读仍然由着我自己一贯的懒惰，往往也为各种各样的"杂书"所干扰，选定的小说阅读多不能按时完成，一拖再拖，迟迟没开始看或没看完，如普鲁斯特的《追忆似水年华》断断续续读了几年都还没有读完。而小说的文论和评论，自己无师无友，瞎读乱读，看正统的文学史一无所得，且强化了某些僵化思维和认识，想想都"正确得可怕"，有时一不小心就会暗暗滑入早前已挖好的各种观念和思想的陷阱。不过一些当代所出的有关文学史教材还是有可圈可点处，如笔者所读到的洪子诚的《中国当代文学史》，陈思和的《中国当代文学史教程》，陈平原的《千古文人侠客梦》，钱理群、温儒敏、吴福辉诸教授的《中国现代文学三十年》等著作。关于文学评论，有时候运气好，能撞上几本篇幅不大且易读易懂的，不禁教人耳目一新，精神亦为之一振。前段时间，读完张大春的《小说稗类》和黄子平的《"灰阑"中的叙述》，细细回味，不禁蠢蠢欲动想说这是两本好书，更有买几本送给爱好文学的朋友的冲动，不过人各所好，各入各眼，顺其自然吧。读此两书，正有几年前读完昆德拉的《小说的艺术》那种醍醐灌顶的感觉，也有读帕乌斯托夫斯基的创作理论集《金蔷薇》后愈发珍爱文学的感受。

对台湾作家张大春的书，大陆读者已不陌生，我还陆续读过他的《聆听父亲》《认得几个字》。说到张大春的《小说稗类》，这位自称视小说为"半生的志业"的作家，之所以给自己的小说理论集取如此名字——"稗类"，读如"败类"，好不惊人，是因为普通人看不起小说（我不禁汗颜），小说的地位如稗。但这样的称谓，张大春又"满心景慕"，因为稗"它很野，很自由，在湿泥和粗砾上都能生长；人若吃了它不好消化，那是人自己的局限"。很野，很自由，这正是小说的活力。其实，我不讳揣摩，张先生这本书何尝没有取"稗"之姿态？他就是自有姿态，自有见地，不需要中规中矩，人云亦云，"这是一片非常轻盈的迷惑！"要的是大胆的质疑，才有颠覆陋见的可能，突破世故的束缚，才有生猛的思想力，自由的新生力量。所以张大春直言：小说家提供的是"另类知识"，小说要的就是"一股冒犯的力量"。这才是"小说珍贵的自由"。关于此，张先生书中有一段话，不惮照抄："当小说被写得中规中矩的时候，当小说应该反映现实生活的时候，当小说只能阐扬人性世情的时候，当小说必须吻合理论规范的时候，当小说不再发明另类知识、冒犯公设禁忌的时候，当小说有序而不乱的时候，小说爱好者或许连那轻盈的迷惑也失去了，小说也就死了。"如此，小说正是被人自己"搞"死的。上引那段话可看作整本书的主旨所在，由此展开，张大春从诸多角度重新阐述自己对于小说的看法，有关小说的本体论、修辞学、因果律、主体说、寄寓、主题等，自有看法，自成主张，教人受益匪浅，门外汉如我亦自认为读懂了一点，受教了，同时惭愧于自己从前的浅薄无知，暗叹读书真能启蒙人，如此，读书岂有止境啊。

另一本书《"灰阑"中的叙述》的作者黄子平，是我读《七十年代》时知道这么一位的。黄子平不是香港人，早年任教于北大，与钱理群、陈平原有"北大三剑客"的盛名，惜乎黄先生于20世纪80年代末离开北大，此后辗转美国、日本和中国香港，最终执教于香港浸会大学。有关于此，黄的友人北大的洪子诚教授在一篇文章里提到过，且为黄惋惜，认为北大更适合黄云云。黄子平先生早年与钱、陈二教授有过所谓"文学三人谈"，且结集成书，此后便基本在内地无声无息矣，教人叹息。我所买的这本《"灰阑"中的叙述》，内地初版早在2001年1月，印数也不多，价钱也不贵，印刷倒挺好，只是作为一本学术性的文学评论，多为滞销，不然我岂能买到这么多前的书？

该书研究的正是中国大陆20世纪五十到七十年代创作的一大批小说，黄先生把它们命名为"革命历史小说"，这是一些特殊历史背景下特殊需要的经典小说，我们颇不陌生，甚至很多人正是吮吸其奶汁长大的。后来我也读了另外两本小说论著，夏志清先生的《中国古典小说》不同国内乏味的学术著作，令人暗叹，当然夏先生更为世所知的倒是另外一本《中国小说史》。在我看来，《中国古典小说》虽无甚惊人之创见，但也足以出色，让中国古典小说扬名海外，这得归功于夏先生的眼光和努力。读完此书，我更有好好读完这些古典名著的念头。另一本是英国作家福斯特的《小说面面观》，虽为文学理论，然也颇有读头。其实，好的文学理论著作并非我们想象中的枯燥乏味，它也自有其魅力和精彩之处，更何况此书是福斯特关于小说理论的系列讲座，读来更是晓畅明了，获益不少。

写罢此文，窗外此时暮色中雨声淅沥，不断敲打我的窗玻璃。我记起今早走过的尖叶杜英树下，满地的落花与落叶，学生在清扫，一堆一堆地，说不出的感受。前一段时间，正是杜英花盛开最旺的时候，那一排尖叶杜英树一起开花，又有些次第开花，细碎的白色花瓣，飘洒满地，树下走过，幽香阵阵，甚至有些呛鼻。说这尖叶杜英，名字挺怪，与之相应，它那花儿是串串倒挂的，洁白如贝，亦如小铃铛，真是倒挂的美丽啊。低首，开好自己的花，有无意义让别人说去。呵呵，意义，无意义，本是可有可无，有亦是无，无亦是有，你也可以说：无意义的意义，意义的无意义。都只是叙述的策略而已，既为"策略"，必有所"略"，所以何必拘于一格、一端、一路、一派、一统？更何况是文学的叙述策略。还原到事物本身吧，不要强说一些"正确得可怕"的理论，而且是"永远正确"，要说，亦只各说其说罢。不要忘了先哲的话："参差多态乃幸福之源。"

在漫漫教书生涯中追寻教育的幸福

——读《父亲长长的一生》

一般来说，一位教师的教书生涯可能长达三四十年之久，如果延迟退休政策实施，那还会更长。如此漫长的教学教育生涯，它几乎占据了我们人生的绝大部分时光，包括青年、中年时期，甚至已经过渡到了老年时期。尽管时间看起来漫长得有点吓人，但教书工作一年又一年，重重复复，不经意间，我们或许也会感叹庄子那句话："人生天地之间，若白驹之过隙，忽然而已。"这一"忽然"，一眨眼，便是教书一辈子。教师工作的日常，注定了教书这份工作多数时候是平平淡淡、普普通通的，但平凡自有平凡的意义，况且，"教育是直面人的生命、通过人的生命、为了人的生命质量的提高而进行的社会活动，是以人为本的社会中最体现生命关怀的一种事业"（叶澜《新基础教育观点》）。

叶至善，身为叶圣陶的长子，长期在叶圣陶身边工作和陪伴，在八十四岁高龄花费近两年时间回忆和记录叶老"长长的一生"，这本厚达四百多页、多达三十四万字的传记也就有了相当的可读性，被誉为"最翔实、最生动、最厚重的叶圣陶传记"。作为教育家、作家、出版家的叶圣陶，其长达九十四年的一生，长期活跃在我国教育界、文学界和出版界，成就斐然。所以不同的读者从这本书中可以读出不同的信息和价值。我作为一位教师，当然是从教师的视角去阅读，受到了很多启发，对教书生涯有了更深入的认识。

是职业还是事业

早年的叶圣陶，曾当过小学教师，当过中学教员，后来也曾在大学短暂担任过教职。叶圣陶所在的民国时代，虽然社会动荡不安，但学校教职可不凭学历，只要有相应能力即可任用，这或许不够规范，却让后人不禁感叹。所以叶圣陶这样一位非正规师范专业出身的初中毕业生，因国文基础好，也就可胜任国文教员一职。当然，叶圣陶并非特例，历史学家钱穆亦有类似的经历。钱先生亦非科班出身，中学辍学以后先在小学任教，后来亦执教过中学和大学，钱先生的很多重要史学论著恰恰是在教书生涯中完成的。不过，民国时期教育的动荡、变动、无序亦可想而知。叶至善在书中讲到了叶圣陶内心的不安："有时觉得孩子都自有可爱之处，苦于想不出办法来维护和引导，有时连课堂秩序也难以整饬，但愿早日离去这阿鼻地狱。一个月二十块大洋薪水，拿在手里，心上总不舒服！'我给了孩子些什么呀，值二十块大洋吗？'""是职业呢，还是事业呢？两者似乎不可兼得，而职业又非常现实。"（《父亲长长的一生》）这不仅写出了青年叶圣陶当时的迷惘，也说出了时至今日很多青年教师从教初始对职业的不适应和困惑。我也曾经在职业生涯开始的早年对此有过彷徨，至今记忆犹新。

在给友人的书信中，叶圣陶说："当了几年教师，只感到这一途的滋味是淡的，有时甚至是苦的；但自到甪直以后，乃恍然有悟，原来这里头也有甜津津的味道。"叶至善认为："到了甪直五高（注：小学），他才摆正了职业和事业的位置。教育本身需要不断革新，做一日和尚撞一日钟，绝非小学教员应持的态度。既然吃了这碗饭，就应该对孩子们的成长负全面的责任。"（《父亲长长的一生》）其实，叶圣陶终其一生，对于教育尤其是基础教育、国文（语文）教育怀有相当的热情和深厚的感情，投入了人生绝大部分精力。事实上，无论是作为作家，还是编辑和出版家，叶圣陶所做的大多都跟教育息息相关，成绩有目共睹。只不过，这种职业生涯的不安和焦虑在早期尤为突出，这或许也是年轻人很难避免的心路历程。纵观叶圣陶一生行踪，早年曾辗转多地任教，岂不是为职业谋生？然叶圣陶为教育为孩子所编所写的著述无数，岂不又是以之为事业？所以，迷惘的青年教师们，这个问题不应成为问题——教书既是职业，又是事业，始于职业，终成事业。

关于教书这份职业，李镇西老师也曾经说："我们不能苛求每一个教育者都把教育当事业，但是毫无疑问，一个把教育当事业的老师能够获得更多的幸福感。"诚哉斯言。笔者从叶圣陶一生的职业努力所成就的事业当中也看到了一些幸福的微光。

教育写作成就教育幸福

叶至善写道："后来我父亲在言子庙（注：小学）受排挤失了业，用笔名在报刊上发表了一些言论和小说。"这或许是叶圣陶写作生涯的开始。教书这份工作不同于其他，教师是知识的学习者、传播者，所以教师自身既要教学，也要注重研究，二者结合相得益彰。故此，教师的专业阅读和教育写作是非常必要的。只不过现实中，教师可能身陷繁杂琐碎的日常事务中，有些教师甚至以工作忙为借口，疏忽了本该有的阅读和写作，长远看，这是很不利于教师自身的专业成长和发展的。叶至善回忆道："父亲白天得上课，吃过晚饭才能动笔，夜工常常赶到十二点后。"写作的时间是靠挤的，或许正是这样的刻苦努力和坚持不懈，成就了后来作为著名作家、儿童文学家、被誉为"优秀的语言艺术家"的叶圣陶。

实际上，叶圣陶的写作有相当大一部分与教育写作有关。知名度很高的如与友人夏丏尊合写的《文心》一书就是写给学生的"写作的故事"，还有相当多的指导少年学生写作文和阅读的文章和书籍，也有很多关于国文（语文）教学的专业文章和论著，这些作品对于我国国文（语文）教学教育具有很重要的时代意义，笔者今天读之，犹能受到很多启发。再加上叶圣陶也曾经编辑过《中学生》《开明少年》杂志等，在商务印书馆做过编辑，主持过开明书店，编写过国文教材比如与丰子恺合编《开明国语课本》，中华人民共和国成立后历任教育部副部长和人民教育出版社社长兼总编辑等，更主持编写过中小学语文教科书等，影响了几代人，这些都奠定了叶圣陶在我国现代教育史上的重要地位，叶圣陶由此也被誉为"我国现代语文教育史上一代宗师"，是我国现代非常重要的教育家，甚至有人称之为"中国现代最伟大的教育家"。称誉可以商榷，但由此也可见叶圣陶在我国教育史的重要地位。作为教育家，叶圣陶有自己很多独到的理念和思想，比如："教是为了不教。""品德教育重在实做，不在于能说会道。"这些教育思想在今天仍有非常重要的指导意义。

在我看来，写作成就了人生，成就了幸福，教育写作成就教育幸福。叶圣陶的（教育）写作成就了他的人生，成就了他"长长的一生"、不平凡的一生。事实上，很多专家和学者都极力主张教师要注重教育写作，叶澜教授说过一句很著名的话："一个教师写一辈子教案难以成为名师，但如果写三年反思，则有可能成为名师。"教学反思、教育随笔、教育叙事、教育研究等都是教育写作。李镇西老师认为："坚持不懈的教育写作，能够使一个教师由普通走向卓越，由平淡走向幸福！"中国教育学会副会长朱永新教授则说："作为教师，一定要在阅读中学会阅读，在写作中学会写作，在阅读和写作中健康成长，在和文字打交道中充分享受幸福，并且为世界创造更多的美好，与更多的人分享文字带来的幸福。"在他看来，"和文字打交道的人是幸福的人"。

学者周国平认为，"把这颗心安顿好，人生就是圆满的，就是幸福的"。我们在教育写作的过程中，就是要把这颗对教育执着的心安顿好，如此，便提高了我们职业的幸福感，无论外界如何甚嚣尘上。对于教育写作的瞻望，我还读到这样特别好的话语："我们在教育写作中张望的未来，向我们发出突破种种限制的殷殷吁求，其中最鲜明的一条就是将教育的理解放置在力所能及的时间和空间最大外延的背景之中，在词语的全部意义之上，说出我们对教育的热爱。"（李淳）

做更好的自己

说实话，我之前对叶圣陶的了解大多停留在语文教科书层面，小学、中学学过的语文课文虽有好几篇是叶圣陶的作品如《古代英雄的石像》《苏州园林》《多收了三五斗》等，在文学常识里也知道叶圣陶还有长篇小说《倪焕之》、童话《稻草人》等，但实际上对叶圣陶文学作品的阅读，远不如对其他现代作家的了解和阅读，如鲁迅、老舍、茅盾、巴金等。我在翻读完这本《父亲长长的一生》之后，心中却点燃了对叶圣陶的阅读兴趣。这正是阅读会带来新的更多的阅读，阅读就是一个持续的过程。我不仅重读了《文心》，还读了《稻草人》《叶圣陶谈阅读》《怎样写作文》《叶圣陶经典散文集》等，由此对叶圣陶的作品有了更多的认识。

对于叶圣陶这样兼跨教育、文学、出版三界的大家，笔者作为普通读者，当然无法作出恰如其分的判断和评论。但就笔者有限的阅读中，实事求是地说，在中国现代文学史上叶圣陶或许并不能算是一个伟大的作家，难以跟鲁迅老舍他们比肩，但叶老自有其不可替代的地位，尤其是作为一位重要的儿童文学家、童话作家，鲁迅就曾称誉其"《稻草人》是给中国的童话开了一条自己创作的路的"。另外，叶圣陶还被后世誉为"优秀的语言艺术家"，可见其在文学语言艺术上的成就和贡献。同样地，叶圣陶先生所编所写的教科书和相关论著，对我国语文教育产生过巨大而深远的影响，所以叶圣陶在我国教育史上有着十分重要的地位。

总而言之，叶圣陶"长长的一生"是三言两语难以说得清的，他在教育、文学、编辑出版各方面都取得过非凡成就，作出了重要贡献，是各领域不可忽略的重要角色，故此，说叶圣陶是语文教育一代宗师，是集教育、文学、出版于一身的大家，恐无人会有异议。有这样的人生成就，其原因可追溯去看叶圣陶每一个努力的人生足迹，叶至善这本书也就可以引发我们很好的阅读思考。

综观全书，叶圣陶可能不是一个天才，但凡事能够从现实出发，从问题出发，脚踏实地，勤恳努力，这是叶圣陶取得非凡成就的经验和品质。作为读者，我们不是要学叶圣陶那样跨越多个领域，也不是一定要成为什么作家、教育家，而是要根据自身的爱好和特点，积极发展自己的专长和特长。我工作多年后也越来越觉得我们要有自身的职业定位和发展方向，不必一味地盲目模仿他人，要知道，走一条不适合自己的路必然是走不远的。做真实的自己就好了，但是要做更好的自己、更优秀的自己，当然需要付出更多的努力。

在我看来，作为教师，在平凡的岗位上，我们仍然可以努力超越职业的局限，努力做一名优秀的教师，用李镇西老师的话来说就是"挖掘自己、发现自己、培养自己"。其中，教师的教育阅读和教育写作是非常必要的，不断地阅读、思考、写作，这本身便是努力的过程，它充实着我们平凡的教书生涯，更何况，还会带来一些努力的成果，带给我们成就感。让我们做更好的自己，在漫漫教书生涯中追寻教育的幸福吧。

（本文获 2021 年广东省中小学教师专业阅读征文活动一等奖）

师友杂忆

● 追寻教育的幸福

chapter

03

○ ○ ●

学堂里的老师

月光光，秀才郎，骑白马，过莲塘，莲塘背，种韭菜，韭菜花，结亲家。亲家门口一口塘，蓄个鲤蟆八尺长，鲤蟆背上承灯盏，鲤蟆肚里做学堂，做个学堂四四方，掌牛赖子读文章，读得文章马又走，一走走到伯公坳。伯公坳上讨姑娘，讨个姑娘矮笃笃，煮个饭子香勃勃；讨个姑娘高天天，煮个饭子臭火烟。

——民谣《月光光》

儿时最熟悉的童谣，莫过于这一首《月光光》。而随着时光的流逝，现今的孩子恐怕再也不会传唱这么单调淳朴且颇有意思的儿歌了。但这有着悠长旋律的歌谣，在我心中，恰如这悠远的月光，亘古至今。我想起这月光，想起儿时年代，年少的记忆与《月光光》紧相随。总想拼起一个图像：皎洁的月光就在儿时上学的学堂的天井上空，这其实也是应有之景。只是我从未亲眼见过，因为那时候上学，晚上从没有过什么"自修"，也就不可能在学堂里见过天井的月光了。但我喜欢作这样的想象，有时梦中亦会出现这样月凉如水的情景。因为传唱《月光光》的童年，正是我在村里"学堂"上学的年代，这两样东西是那么密不可分。

小学四年级之前，我一直在村"学堂"念书。那时村里人管上学叫"上学堂"，一直到过了上学堂的年代，祖母仍把上学叫"上学堂"。学堂，是旧式的祠堂，比以前私塾要大很多，那时候好一点的都有一定规模，雕梁画栋，还有一个好听的名字，邑人丁日昌儿时读书的学堂就叫"蓝田书院"，至今犹在。村里条件没那么好，学堂设在一座公共祠堂里，俗称"五姓祠"，为村里五个姓氏所共有，当然各个姓氏又有自己的宗祠，祭祀是用不着公共祠堂的。听老一辈人讲，记忆中，这里就一直是村里孩子上学的地方。学堂本有个堂名，经过了历史的冲击，那牌匾早没有了。

学堂虽旧倒也整洁，毕竟是读书的地方。学堂大门进去，中间是一个四方天井，正面有一个正厅，可容两个年级。我读一二年级都是在正厅里上课，厅分两半，没有墙，经常是老师上完一边年级的课，再走过来上另一边年级。我们倒也不觉得怪，因为早习惯了这样的上课方式。另有两小间房间作三四年级之课室，他们要高级一些，可以有自己独立的课室。学堂里念书也就只能念到四年级，然后转到其他地方去读。还有两间老师的办公室，一间小厨房。

当时的条件真的很差，虽然那个时候已经是二十世纪八十年代中期了。而学堂里留教的老师，记忆中，只有三四个，他们身兼多职，包含了应有的科目。他们都是村里聘任的，现在想来应是民办教师，工资肯定不会高，但村里每到过年过节都不会忘了尽己所能宴请他们，以示感激之情。全村人也相当尊敬他们。

曾老师当时其实是负责人、老校长，但是没有人这样叫，村里人都很亲切地称他"曾老师"，一些上了年纪的老人尊称他

"曾先生"。曾老师总是笑容满面，但有些时候也不失威严。在我印象中，他很严格，我有点怕他。

曾老师并不是本村人，而且离家有点远，因而他常常住在学堂里，到了晚上，他就经常去家访。而我对他是真的有点怕，因为我小时候很调皮，经常跟同村的孩子玩耍，野得很，在学堂很多时候是"孙猴子大闹天宫"。特别是中午的时候，我们一帮孩子无所事事，在学堂占尽地盘，大吵大闹，追逐嬉戏。而正在办公室兼卧室午睡的曾老师每次总被我们吵醒，他就来驱赶我们，手里拿着用软软的小竹枝做成的教鞭，一边呵斥我们，一边赶在我们后面用小竹枝鞭打我们。我们一点都没有停止和害怕的意思，嬉笑着跑，还在桌凳之间腾跳，大有跟曾老师一起玩闹赛跑的意思。可还是有跑得慢一点的同学被曾老师的鞭打到，或停立，或继续跑到天井和门口，过后大家终于安静了。曾老师也没有特别生气的意思，他还是去睡他的午觉。而被小竹枝鞭打到的同学这个时候才想起了肌肉有一点点麻麻的疼痛。我也曾经被打到一两次，并不是太疼，就像是被蚂蚁咬了一下。我们回家当然不好意思跟家里提这事，如若提起便只有更严重的挨揍。

曾老师有些时候也赶回十几里外的家，因而第二天一大早我们全都聚在学堂门口等他。那时的冬天比现在冷，我们上学起得早，经过菜地，见到叶面上还有薄薄的冻冰。可见我们那时候上学有多早。正在我们等得焦急的时候，"快看，曾老师来了！"有人最先看到曾老师骑着他那辆旧单车风尘仆仆地出现在村口。曾老师先把大门打开，等大家进去以后，才抬着他的单车进学堂。而很多时候，我跟在他的后面，看到他的汗珠正往脖颈下流，我的心像忽然感到了什么一样，当时我也说不明白。这一情景，我至今记忆犹新。后来，我才逐渐明白，当时我的内心受到巨大的震撼和深深的感动。

其实，曾老师并不是我的启蒙老师，我也实在想不起来他到底教我哪一科目，他好像并不教我他主教的数学课，只是教过我的体育课。体育课，也就是在简陋的操场上教我们做一做简单的几个动作，他那弯腰的姿势我也记得很清楚，因为就那几个动作。做完操后就是自由活动，在简陋的桌边排队打乒乓球，最好玩的莫过于在操场上玩耍，男同学们摔跤、打泥仗，女同学们除了在旁暗自偷笑以外就是三三五五玩跳绳、丢手帕。

罗老师是我的启蒙老师，高大的个子，脑袋光得发亮，也是个老教师。他教我们拼音识字。他一上课，大家就发笑，因为他的表情很好玩，大家一笑，他也就笑了，然后就开始讲课。他有些时候还会做一些大家想不到的动作。我的一个同桌上课睡着了，还打着呼噜，他走到身边，不做声响，只是用手指挠他的下腋痒痒。同桌忽然痒醒举手正要打，一见是罗老师，不好意思得很，笑了，大家哈哈大笑。然后他才回到讲台继续上课。

我印象最深的是，罗老师用奖励粉笔的办法来激励我们一年级同学读书。那个时候粉笔是很难得的。粉笔有白色和彩色两种，罗老师根据大家的成绩高低发给一些粉笔，主要是白色粉笔，成绩特别好的就有彩色粉笔。记得是满分一百分，就奖励五条粉笔，有一条彩色的。九十几分就只有四条粉笔，成绩太差当然就没有奖励，除非是进步明显的才会有奖。当时有粉笔奖励是很高兴的事情，我总会拿回家给祖母看，说是老师发的奖品，祖母也很高兴。有了粉笔，就可以在地上墙上练字，写了字总觉得是一件很自豪的事。那时我家还住在祠堂的老屋里，祠堂稍好的墙壁、巷子人家的外墙，都有我和弟弟的涂鸦和线条，也常常会因此而被爸妈训斥几句。

有了罗老师的粉笔奖励，我一开始就不觉得读书是一件有多辛苦的事，只是觉得好玩，还有成就感，因为始终有粉笔这一收入，一年下来我也不知道收获了多少粉笔，反正是不少，一直到我读初中都还有的用。

后来有同学说罗老师其实也挺"恶"（方言：凶）的，但他留给我的印象始终是笑眯眯的，还有，据说他最爱吃的是油炸泥鳅。

黄老师是同村的一个老师，是学堂里唯一的女老师。她教我们三年级语文、思想品德，也教画画。因为她也是我一个初中同学的妈妈，所以感觉很熟悉却也很陌生。但总感觉他们都有一些共同特点，而我却也说不清楚。

唯一不会忘记的是，一次作文课，黄老师要我们以"石榴"为题写一篇描述此植物的文章。可我们那时孤陋寡闻，我们当中没有多少人见过石榴，我也没有见过，根本无法写。后来，黄老师说她家有一盆石榴，可是已经来不及搬来给大家仔细观察了，她说她在黑板上把它画出来给大家看，然后根据想象写，以后有空再到她家亲眼瞧瞧。黄老师真的把石榴很具体地画在黑板上，尖细的叶片，五角星状的红花，圆实的石榴果。我们看着图画，第一次自由想象着写了这篇作文。后来看到了石榴，感觉还真跟黄老师画的差不了多少，只不过，没有想到石榴应该是棵树，不该只是栽在花盆里。

黄老师第一次明确地教会我们作文也需要很多想象的加工，尽管还需要有更多生活的真实。

学堂里，或许还有一些其他的老师，但我实在是想不起来了。学堂里的老师永远都是我心怀感激的老师，不管他们有没有教过我或者教了我多久、教了些什么。那些已经有点久远的读书岁月，仍然是那么美好。

到我读完三年级时，村里的华侨回乡捐钱修了一座新学校。

从此，我们告别了这旧时的"学堂"，正式开始了"新式"学校生活。而学堂里的老师，或进了村里的新学校，或调走，或退休，总之，他们再也没有教我。多年以后，我曾回到这更显破旧而荒凉的学堂，里面有村民堆满的杂物和稻草，四方的天井已有青青杂草蔓延，屋檐上亦冒出草色，虽荒芜却有生气。而我至今还会念着上学堂的日子，心里并不因条件艰辛而感到苦，反倒觉得其实挺快乐的，不仅仅因为那里有《月光光》的童年记忆。

（载于《师道》，2018 年第 4 期）

客家六和

　　初来三水，我和朋友老莫都对这个地方的历史地理风土人情怀有兴趣，除了几乎骑单车逛遍西南的大街小巷，还搭乘公交车到过一些镇街，对三水便有了一些粗浅的认识和了解。此外，还有一个捷径就是常去三水图书馆翻阅资料，当时翻看和借阅了一些文史资料诸如《三水县志》《三水年鉴》之类的，当年三水还出版了《三水报》，这份报纸也能带来很多本地的信息，这样一来，某些方面我们比一些三水本地人好像还知道得多一点，可谓外来的和尚好念经。不过，这都是以前的事了，一晃十几年过去了。老莫也早已调动工作离开了这里，他这个"新客家人"偶尔还是会回到三水，他说自己情感上对三水有一些难舍，毕竟，这里有他八年的青春岁月啊。

　　那时候，我通过资料得知，六和以前称"鹿和"，是三水北部的一个小镇，几经行政区划调整先是归入大塘，后并入南山镇，现在已经连个小镇都算不上了，这个地名好像也不大好称呼了。不过早年还是一个镇，我也知道六和是三水唯一的客家人比较集中的聚居地。当年一次偶然的机会，我曾遇到过一位六和的大叔，他是我接触到的第一位六和客家人，具体跟他谈了些什么我已记不清了，我只记得他稍矮的身材，操着客家口音的普通话，话中还有"六和公社"的讲法。时至今日，我早已不记得他的具体样貌了，但他的淳朴与和善我却还有印象。后来，自己所教的学生中也偶有来自六和客家地区的，只是表面上已看不出有什么不同了。据我所知，现在六和客家人好像连客家话都有面临丢弃的危险了。想想这也是正常，客家人和客家文化除了最集中连片的赣闽粤三省相邻的所谓客家大本营地区，在很多地方都是处于边缘地位，或许，这也恰恰是一种相互融合和发展吧。尽管如此，我去过六和两次，此后多次经过，由于自身是客家人，情感上我对六和有一种似是故乡的感觉。那群山，那山沟小溪，那山坡的竹树林，那坡地的农田庄稼，那大山脚下的村落人家，那黑溜溜的大水牛……这一切，太熟悉了。没去之前，我也经常听人说，六和风景好、环境优美，只是经济比较落后。是的，跟珠三角发达的城市地区相比，这里一派乡村景色，处处是山野人家。举目望去，四野山色，郁郁葱葱，还有那山坡阡陌纵横的旱地长满绿油油的庄稼。现如今的都市人，不正向往这样的家园吗？至少在言谈中时有流露出这样的心绪。

当年，我跟老莫还有陈君他们都去过六和，但印象最深刻的还是跟陈君去的那一次。六和处处有丘陵低山，最出名的要数大南山了。在沃野千里的珠江三角洲平原，大南山实在是一座难得幽深的大山。山上少有人烟，大面积都是林场，只在大山脚下有稀稀落落的村庄，我们途经的一个村落，村前小溪蜿蜒，一座小桥就这样横架其上，沟通里外。山上后来修了一座水库——大南山水库。那一天，我和陈君冒着小雨上山。山路有些陡峭，湿滑难行，沿途已是幽深至极，很多树木都认不过来，空气也明显不同山下，有一种湿润而新鲜的气味，大口大口吸着，透心的舒服。陈君说，或许密林深处有野生动物也不得而知。

听说大南山水库底下原先有个村落，我们在水库边上停留了许久，因为冬旱少水，水库比较浅。我们看见边上有村落的遗址，下到水库底，发现残留的房屋墙根依然存在，错落有致，轮廓隐约可见。我们有点激动，沿着墙根走了一小圈，发现很多以前留下的各种东西。我在水中捡到一块看上去旧得有点褪色的碗片，上面还有略显粗拙的蓝色条纹图案，递给陈君。学艺术的陈君一看，大叫好东西，说是古代手绘的瓷器，应该是古村人遗留的日常生活用品。我说那不就是值钱的文物了？陈君叹息说道，可惜不是完整的，不然我们就要"发"了。我看着这碗片，心想这该是当地客家先民用过的，不知它经历过多少岁月。凝视着这碗片，它仿佛向我隐隐透着某种无言的信息，心里说不清是什么滋味。

六和还有小有名气的石燕岩，可惜当时太仓促没能去看。后来我才知道，石燕岩由于开山采石，早就被摧毁得面目全非，岩中燕子怕是早已飞走，不知所终了吧。

当时的六和街镇实在小得很，横竖就两三条街道，行人也少。走在冷冷清清的街市，我心里说不出是什么感觉。也许，这样的街道跟落后的六和是相符的。陈君抱怨此地太穷太落后，而我说不上抱怨，自从踏上这片土地开始，我的心一直是沉重的。我的心跟六和的距离并不遥远，相反却出奇地有着某种不可言说的亲近。我知道它穷，当我偶尔看到沿路有年老但依然硬朗的老婆婆牵着大水牛在放养的时候，我的心仍然无比的震撼。我感到了那一种我自幼所熟知的贫穷和不仅仅是贫穷的东西。我想哭出声来，但我不敢。陈君在我旁边，我的心只能默默地流泪。我和六和，此时仿佛达到了一种完全的融合，我的心是与这土地相识相通的。行文至此，陈君早已因故遥在天国，唯有在此，借一炷心香祷祝亡友安好。

从六和回来，我的心依然沉重。据载，六和先民都是来自闽粤客家地区，一直保持着客家独特的文化生活习俗至今。我不知道客家先民当年选择这片大南山脚下的土地是怎样的一个历史过程。客家人总是处于迁徙和漂泊之中。我更困惑的是，中国的客家人聚居地总是边远山区，总是穷乡僻壤，总是偏居一隅。但是他们竟在中国最贫瘠的边沿生生不息地支撑下来，他们聚族而居，操持共同的方言，保持独特的文化生活习俗；他们住土楼，住围龙屋，住大祠堂。他们对根的观念根深蒂固，崇敬共同的祖先，简直倔强到"不可救药"的田地。他们对故土的情怀，想来没有谁可以相比，但其实，他们都没有真正意义上的故乡，"处处为客处处家，日久他乡即故乡"。即使他们漂泊异国他乡，也不会忘记自己的根。记得儿时，久居异国的老华侨返乡探亲，一是要到村前的水井旁尝一口井水，二是再次离去临走前要包一小包故园的泥土，说是带去身边，以慰思乡思国之情。以前我不懂，觉得好笑和夸张，现在长久漂泊在外的我也终于明白了，他们对故土爱得深啊！谁不爱自己的家园？所谓客家就是原先为客不为主，他们没有家，所以爱得比谁都深！历史上所谓的"土客之争"，血腥的械斗和残杀，实在是那个纷争动乱时代的一个悲剧啊。客家人的历史，跟很多的民系民族一样，曾经充满苦难和血泪。

六和客家人选择这块大山脚下贫瘠的土地，世世代代、生生不息，顽强生存和发展，倒也安居乐业，仿佛与世无争，直至今日。我想起作家阿城在谈到中华民族发展历史时指出：中华民族人种文化历史，就是"客"来"客"去的"客家"史，靠"书同文"贯串下来。阿城的意思是中华民族一直在不断迁徙和融合，有了文化传承才有今天的中华民族和文化。是的，我也仿佛有了某种顿悟，我理解了六和，理解了客家。写这篇文章，我的心从未有过的沉重，客家没有不沉重的，不沉重就不是客家了。六和也一样。

（载于《佛山日报》，2003年4月5日）

看　烟

　　很多人喜欢抽烟，在我看来，抽烟那手势、那动作都算得是一种美了。而烟也有一种作为静物的情趣，表现着别样的美，一种纤细、一种灵秀、一种静美。

　　我不抽烟，但我喜欢看烟，首先因为它的美。一支支纤细苗条的烟，近看，让人想到美猴王的金箍棒。我喜欢把烟用一支小牙签夹在雪白的墙壁上，近在书桌前，时常抬头就能瞧见，凝视它时，心里特明净。那烟叶散发的特有的味儿，使我仿佛嗅到了灿烂阳光的味道。也偶尔在孤寂之时看见那支烟在吞云吐雾、叱咤风云，有如美猴王的筋斗，云里来雾里去。这其实正是我的思绪借那烟的灵气在幻化、在升腾、在翻筋斗，飞驰在天际云空。烟，为我遐想出一片奇妙的天空。

　　细看烟，并不全是洁白的，它有一小节黄色的过滤嘴，这就更有一番美了。黄色的嘴，那骄傲向上的小嘴，多像一顶高帽子。据说最早的烟还没有这么好的装扮，没有帽子戴的。正因有这黄色的高帽子，烟尤显得好看、耐看。它又像一只小精灵。虽然吸烟的人们，当你亲密吻它之时它正是一只小精灵，钻进你的身体，亲近你，让你舒服得不知所以，可它也会害你。爱烟的人们往往爱到已经来不及想了。假如你不去多想的时候，它就是一只小可爱，一只可爱的小精灵。可爱产生美的情人嘛。但我不敢过分亲近这只小精灵。我只是跟它好，看它，从不吻它。

千古以来，酒能解忧，可烟也能解愁，也给你以寄托。我时常看见愁容满面的人们在一旁静静地不停地猛抽烟。烟酒从来不分家，酒是凶猛动物，烟却是温柔乡里的轻云。理智告诉人们，烟酒无益于健康，但人们为何还孜孜不倦地爱它，甚至爱一辈子，比爱情还深切？因为它们确实懂得你内心深处灵魂的秘密啊！它们给你一片异样的快活天地！

但我也不喝酒，不抽烟，我只爱看烟。和许多人的童年时代一样，我也偷过父亲的烟，偷偷吸过烟，这皆因好奇。说来我暗恋和邂逅烟的历史也算早的。

其实抽烟只是一种习惯，我不抽烟，是因为我没有这个习惯。深夜里，独自坐在屋里，我也不会擦亮一根火柴，点燃一支烟，像黑暗里拥抱着相爱的女人。但我离不开烟，我的房子离不开烟。更何况，我的香烟都是我特地从故乡带来的，房里有了烟，就像身边有了亲人。我喜欢把烟夹在墙上最显眼的地方，最好在书桌前，以作想念之用，睹物思人，睹烟思故乡啊！一支洁白的香烟，幽幽散发着上好烟叶的味道，仿佛还带着故乡阳光的气味、泥土的芳香，这些是故乡水土所特有的。故乡的老华侨喜欢把故土带去，我不敢动故乡的土地，我只能把故乡的烟带在身边。直到烟由雪白渐渐日久成斑斑黄色，我才依依不舍地换上一支新的，洁白得很，尚缭绕着新鲜的香味。如此，到了年底，烟盒里的都换用完了，它们的使命完成了，我也刚好准备着回家去，再带新的来。有人说我太浪费，何以见得呢？你喜欢抽烟，我喜欢看烟，尤其喜欢看故乡的烟，也没人说烟天生就只能用来抽而不能看。要认真起来的话，还是看烟好，既于健康无大碍，又发挥烟同样的效用，岂不乐哉？

（载于《佛山日报》，2004 年 10 月 11 日）

上学堂的日子

我是一个落伍的人，常常落后于时代和潮流。譬如电影，很早就有的《一个都不能少》，我是前几天才看到，但一看即难忘却。那样的场景，那样的学校，那样的故事，是我所熟悉的，仿佛我就是从那里走出来的。这样朴实如乡土的电影，看后教我久久沉思。我又掉进了记忆的河。

《一个都不能少》唤起了我的童年，我的昔日小学的记忆。大学毕业后在社会上混了多年，我也学会了轻易不被感动。可当看到影片中关于粉笔的细节，孩子们深知粉笔的难能可贵，万般爱惜那短得不能再用的粉笔头时，我的眼泪一下子涌了上来，静静地滑下，淌湿我的脸。我想起了从前家乡的小学，从前家乡那简陋破旧的学堂，那里有我永难抹去的少年记忆，有我接受启蒙教育的儿时岁月，那是我上学堂的难忘日子。

一

从前，家乡人称学校为"学堂"，读书叫"上学堂"。名副其实，我读小学有三年正是在一座老祠堂里度过的，一直到小学四年级。客家地区从前学堂遍布，稍有规模和名气的学堂，门额都会刻一个文雅的名字，甚至找有地位的人题名，比如洋务运动先驱丁日昌在乡时创办的"蓝田书院"。我到过如今也同样衰败萧条的蓝田书院旧址，但它仍隐隐透着昔日的辉煌气势。家乡的小学堂没法和蓝田书院相比，我也不知道它从前叫何名字，但听村里老人讲，它以前是有名字的，后来大兴除旧，学堂的门额就变成了伟人的画像和漆笔的"万岁"字样。

祠堂是村里所有人共有的，用作"学堂"的历史也不知从何时起，老人们说记忆中就已是村里娃娃上学之所。想来应该相当于以前的书塾。但学堂很简陋，四四方方的，中间一个小天井分为四格，这里曾是孩子们嬉戏玩耍的乐园。祠堂只有一个大门，算是校门了。整个学堂共有一个大厅两个小教室，大厅分两个年级用，外一半是一年级，里一半是二年级。记得读一二年级时，老师上半节课先上一个年级，让另一边的孩子们看看课本或是抄抄作业之类的，上完一个年级再上另一个。大家也不觉得怪，反而习惯了这样。大厅其实也不是什么大厅，只是空间相对大而已，厅的里墙有两个大木窗，其中一个坏得不成样子，开始有调皮的孩子从外面爬进来，久而久之，窗简直成了后门。曾经有同学上课赶不急了，就趁老师不留意，从窗外翻进来，见到拿着粉笔大感意外的老师，连忙腼腆地喊声"报告"，惹得大家捧腹大笑。望着孩了羞涩泛红的脸庞和气喘吁吁的样子，眼里还有一丝的不安，此时老师也不好再责怪了。

另外两个小教室是供三年级和四年级的"高"年级学生用的，他们"待遇"要好些，有属于自己的教室，如此便可读四个年级，总共也不过五六十人。记忆中学堂的老师只有三四位，他们都是"全能"的，身兼多门科目。但读完四年级以后就要到镇上或者邻村学校去读了，村学堂是无法毕业的。学堂还有三间小屋，一间是教师办公室，一间校长办公室兼卧室，一间是校长的厨房兼孩子们时常喝水的水房，厨房里的水是不怕被我们喝光的，因为村里会派人每天帮校长担水。三年级的门口角落有半堵用泥砖砌成一人高的土墙，里面放着两个矮矮的水缸，算作是小便的地方，也只能供男老师和我们男孩子用。至于女厕所在哪里，我至今也不知道，听说她们要跑到学堂隔壁的人家去。不过那时候学堂除了条件差了一些，卫生状况还是很好的。每个课室门口都会放一个痰盂，随地乱吐现象倒是很少见的。

二

我们当然也会吵会闹，调皮捣蛋毕竟是儿童的天性。课余时间追逐打闹也是常有的事。比如午休，是我们打闹得最多的时候，常常把老校长吵得不得安宁，他就醒来拿着小竹枝条做的教鞭，企图驱赶鞭打我们。孰知我们跑得快，在课桌和凳子间翻来跃去，老校长很难鞭到我们，但也有跑得慢的同学被鞭着，我就曾经因为一时跑得慢而被鞭着，其实也不是很疼，只是小竹枝在身上留下了一道红红的鞭痕，有点蚂蚁狠咬的疼痛。倘若回家告诉父母，肯定又是一顿痛打，原来父母早就把我们交给了老校长，而且是任凭"处置"，他们完全信任老校长的。尽管这样，我们还是经常忘了疼痛，在午休的时候又打闹追逐，只是比以前更机灵了，跑得快，躲得也快，我们都明白了这样一个实在的真理——落后就要挨打。这样，老校长也拿我们没有办法。

学堂的房子大多是土灰墙瓦房，也有是泥砖的，好在地板比较好，都是灰地板，因而就有了孩子们打赤脚跳橡皮筋玩耍的天地了。至于上体育课就只能在学堂外的大禾场上进行了，往往是老校长领着我们排队做一些简单的动作，在学堂大门口还有一张木板做的乒乓球台，据说是村里一位木匠捐的。

学堂里的课桌是村里的公共财产，凳子却是我们自家搬去的，一般是两人合坐的长板凳，有些家里拿不出多余的板凳，就跟别家的孩子共坐。课桌是残旧不堪的，因为课桌是公家的，摆在学堂里一用就是好多年，破了就修，修了又破，直到不能再修拿到厨房当柴烧为止。那年头村里实在也拿不出什么钱来买新的课桌，我从未看见学堂摆过新课桌，在上面做作业就会摇摆地发出"吱吱"的声音，偶有捣蛋的孩子把桌子弄断了腿，校长就会心疼得像断了自己的腿一样。所以我们还是很爱惜这珍贵的课桌，也自发地从家里带些钉子把它们弄牢固些。就这样，这些不知道有多大年纪的老桌子送走了一批又一批念书的娃娃。娃娃们的回报则是在上面留下了密密麻麻、歪歪斜斜各种稚嫩字体的文字，还有徒手涂绘的图画，或许还会有一些刀刻的"座右铭"之类的东西。

粉笔是除了课桌以外最珍贵的公共财产了。

在我们眼里，粉笔真是个好东西，虽然是那么纤细，但一经老师的手却能写出好看的字，画出好看的图，这些东西就是村里人所念念不忘的"文化"。在课室里一般是找不到粉笔的，连粉笔头都会给大家捡了，趁老师不在的时候在黑板上学着写和画。老师只在上课的时候才拿几根粉笔来，或者带个粉笔盒来而又去。除了在课堂上有幸被叫上去做题，我们根本不可能接触到粉笔。老师把粉笔看得这么严实，一个是怕我们不懂事乱糟蹋粉笔，另一个实在是因为粉笔贵要花钱买，他们都要省着用，我们经常见到他们连粉笔头都舍不得随意扔掉。

最让我们高兴的是，老师却肯把五颜六色的新粉笔作为奖品奖给我们，毫不吝啬。这样，只要我们有进步，比如作业做得好、成绩有提高，就可以得到渴望已久的白色和彩色粉笔。那个时候，能有粉笔这样难得的奖品是一件足以让人骄傲和快乐好久的事。我经常兴高采烈地带着粉笔回家告诉奶奶，奶奶也定会夸奖我一番。那时，我曾经为自己有那么多的粉笔而自豪，不轻易拿出来用，在我眼里它们不仅是奖品，更是一笔难得的财富。

三

就这样，我和伙伴们在学堂里度过了三年简单但无比快乐的时光。读四年级的时候，村里的老华侨回乡捐建了新学校，我们就搬进了三层楼的新式教学楼，仿佛一切都是新的，从此告别了古老而破旧的学堂。昔日的学堂听说现在更是废弃了，尽管仍是全村人的共同财产，但是很少人会想到它了。现在的孩子当然不会知道，更不会在那里念书了，我们在那里度过的时光，对于他们那是永远不可能的了。

但我怀念它，深深地怀念！怀念我的旧学堂，我的伙伴，我的老师，我的老校长，我的彩色粉笔！怀念我们追逐打闹的日子，怀念我们在课桌和凳子间的翻越，怀念我们偶尔被老校长鞭着的疼痛，怀念我们曾有的琅琅书声！怀念我在学堂读书的三年时光，这三年的日子，既像白色粉笔般简单洁白，又像彩色粉笔般斑斓多彩。那个时候，尽管傻乎乎的，尽管土里土气的，尽管贫穷落后，却总是快乐的。长大后，我明白了那样的经历对于我是那样的珍贵。我的小学堂，你就是为我的灵魂而生的！

山水之间

一

回忆仿似一种魔咒，时常吞噬我的心，常令人不由自主地陷入回想的迷醉之中，这迷醉恰好可以减轻时下忙而俗的生活的苦与累。"生活在别处"，跳脱离当下，到另一个世界，虽然只是暂时的。倘若没有这种自由与可能，生活层层叠叠的苦和累，足以压垮任何巨人坚实的肩膀。我们是活着的个体的人，此种自由永不能被剥夺，这亦是生活最后一丝遐想和希望的微光。

就如现在，学生在数着高考倒计时，置身高三编织好的巨大迷网，仿佛有战天斗地之境，非得争个鱼死网破不可，不成功便成仁。我时时如牛，反刍咀嚼，回想自己在这里多年"误人子弟"的高三教书生活，更想起我自己的高三，我的高中母校，我的师长学友。

回忆总是美好得多，文字会美化和遮掩过去的阴暗，可老实说，对于高三生活，我感觉当时日子真的不太苦，可能有点累，因为毕竟要忙着应付高考。

这多年的扩招，所谓创造优质学位，举国各处学校不断扩建新建，遗弃或摧毁旧建筑（这正是久远的文化沉淀和精神定位），相约阔气的新校区，新新人类，果然住进了新新校园。夹着这股热潮，母校亦未能躲避它世俗的命运，现在的母校早就搬到新址，据说建起了更大规模更崭新壮观的建筑群，一改多年来小里小气的落魄寒酸相，恍如迟来的本该就有的富贵命。听说还与县城气派的新政府大楼挨得很近，向哪里靠拢，恰恰意味着它的地位和境遇，还听说，母校校长从此都兼任教育局（副）局长。幸与不幸，恐非我所能够言说的了。我只是从图片上看过母校的新面貌，已全然陌生，那个熟悉的母校不再，现在的母校与我无干，与记忆无关。

而我回想的母校，已仿佛是另一所学校了。当年的老师大多换了人，退休的退休，调动的调动，新人的欢笑已与我无关。矫情地说，真是"人事有代谢，往来成古今"了。代谢归代谢，古今尽古今，还好，母校那"勤朴仁勇"的校训还在，母校的山河还在，那座金瓯山常在，那条汶水河长流，如此，记忆中的母校足矣。

二

跟很多小县城一样，母校有悠久的历史，是县里长期以来最好的高中，当然有着垄断的地位，而这，虽然对于其他中学颇不公平，但也没有办法。长期以来，这是历史"遗留"问题。穷山沟里的孩子，要想通过读书这条路走出大山，仿佛也只有投入母校的怀抱，要不就只好去到更远的市里最好的学校了。母校虽然有着垄断的不可撼动的地位，但它从不拒绝，也从不歧视，这正是母校的好。我的初中是在镇上读的，与母校当时那些初中学生又有什么不同对待呢？没有，一视同仁，我感觉不到任何的不公和包括言语上的丝毫议论。后来母校专心致志办它的高中，初中便成了历史。

据说母校的风水很好，金瓯山傍，汶水河畔，背山面水，风生水起，源远流长，奔流向海。大海，多好的地方，那里有一个美丽的南海姑娘吧。海洋文化毕竟是开放包容的，通过汶水河，大山里的人们也可以融入开放的世界，首先融入其中的就是为数众多的南洋（东南亚）华侨了。我读书时候所在的教学区正是改造了的新楼，它正是华侨华人捐资兴建的。山水之间的母校，我很是喜欢，虽然我在校园里也没能做些什么，母校留给我的印象却全然是美好、愉快的读书时光。要说除了安分地读书还能做什么有意义的事，给自己的青春添了一点难忘的色彩，那正是与同学组建了文学社，手刻印刷出版文学报。不过这些都是读高一时干的，不是我在这里想说的了。

金瓯山不高，在县城里有这么一座山也属难得，我们当时哪管它高不高，反正是一座山，一座可供我们放学后游憩散心的山，跑步爬山是常有的事。山不高，也就可以精致些，虽然印象中不记得具体有些什么，但凉亭、栏杆、石梯、山间小径必是有的。在山上，不必爬到最高处，即可俯瞰母校，也可远眺向南潺潺流去的汶水河了。

汶水河，与学校一堤之隔，自然有可亲近之温柔与美丽，但也有令人生畏的时候。夏季汛期常常发洪水，排水不畅，学校正是遭殃时。据说之前有一年，洪水冲垮大堤，有栋教师宿舍塌了，几位老师不幸遇难。由于此次大水，政府部门终下决心修固河堤，此后好像水患不再。而在平时，河水是可亲近的，我曾站在河边垂柳下，看金色阳光泛着波光，真让人想到我们的金色年华啊。

快高三那年，广梅汕铁路修到了学校附近。铁轨铺到山麓下，沿着汶水河畔，是热火朝天的工地。我们几个好友便时常沿着新铺的黄泥地跑步，与铁轨赛跑，感觉也正是与火车赛跑，而我那时还没有见过真正的火车。一年后，没想到我们就坐着这火车，我向西，好友们向北，随着火车的呼啸声载着各自的梦想远去，从此离开了母校。

其实，学校对岸远处更有高高低低的群山。我们放学后，常跑得更远，就是到山里去，尽管经常是半路就回来了，因为时间很不够。那时候的环境还非常好，县城里很多人去山里取山泉水，我们在路上常常碰到取水的人们。现在城市的环境问题无一例外，我也不敢去多想汶水河了，金瓯山也许还好吧，毕竟是山，但也不敢再细想。

母校新迁新建，历史建筑没有了。但还好，跟很多地方不一样的是，母校原址的所有建筑设施和文化景观保留不动，整体转让给了一所城镇中学，至今犹在。那众多华侨付出了心血的建筑想来是不敢随意毁坏的，毕竟对于一个贫困山区县来说，爱乡的华侨同胞从来都是值得好好珍视的。只不过，学校可以转让，是不是历史也可以转让，有山有水的风水是不是也能转让，就不得而知了。

三

一个时代有一个时代的人和事，时代是不可复制的，我们的师长恐亦如此。有幸碰上了，对于我们来说，是缘分，也是福气，成了记忆深处独有的东西。若是没有这些老师，便没有我们这些学生。若打个蹩脚的比喻，我们的数学老师谭老师是那座坚忍不拔的金瓯山，语文老师冯老师便是那条幽怨着向南流淌的汶水河。

到高三时，冯老师教我们文科班的语文。那时候，我们这个年级有四个理科班，一个文科班。文科班是个大班，七十多人。当冯老师第一次走进我们的教室，同学们不禁暗叹：那么高大！但不久我们就知道了，高大的身材也掩盖不了他忧郁的性情，正像那幽怨的汶水河，汶水——问水，诗人往往如此。冯老师有着诗人般的性情，不，其实他就是个诗人。有时兴起，在课上他就朗诵他的一些诗歌，包括大学时候发表的，大学正是诗人最青春的诗意年代啊。具体的诗句我没有记住，只记得有一首描写"蜘蛛"的，留给我的是蜘蛛那落寞孤寂的形象，也许还有一些孤傲。而这个形象是不是与老师的心境相契合，倒难说了，或许多少夹杂着他的一些人生阅历和感慨吧。

那时候，我正是语文科代表，因而就有机会跟他走近一点。冯老师自小在泰国出生，稍大后随父母回家乡读书，算是我的本家。当他得知我的辈分后，跟我开玩笑说，按辈分，他要尊称我为"叔公"了。对冯老师了解多一些后，总能感觉到那隐藏的丝丝忧郁，但无法说得清是什么。

据冯老师自己说，早年潮汕地区发生过大洪水，身材高大的他当时在汕头参加抗洪抢险，再重的沙包都不在话下，但正是那次水灾，使得他落下了风湿的疾病，苦不堪言，困扰至今。天气不佳的时候，身体便提前反应，比天气预报还准。而他的痛苦，或许还有不为我们知道的，我也不曾问过他，回国读书有没有后悔过，这样的事我当时也想不到，也不便问。我只知道，后来老师以高分考取暨南大学新闻系，他的同学毕业以后大多从事新闻传媒事业，各有成就。而他作为华侨子弟却未能如愿，无处可去，只得回家乡的母校教书，一教几十年。教我们之后的第二年，他就退休了。

老实说，冯老师的课堂并不很受欢迎，我们长期以来习惯了有条理的知识灌输，喜欢老师讲得清楚透彻和送到嘴里的做法，而冯老师漫无边际的天马行空式的课堂教学，很多同学并不喜欢，我们喜欢抄好整齐的笔记，认为这就是一节课的收获。很惭愧，那时候的我也多少有这样的短见。关于上课，老师也明确告知我们，他是不会这样详细讲的，更多的基础知识要靠我们平时自己去发现和归纳。

其实，在冯老师的心中就没有那种高考的紧张和紧迫感，他只是在做他喜欢做的。因而就不难理解，到了高三，我们班还搞什么诗歌朗诵比赛。诗歌朗诵比赛搞得还很正式，老师从电教室借场地和音响器材，到比赛那天，全班同学不上课，好好地欣赏了一场水平尚可的诗歌朗诵。记得班上有个女同学朗诵了徐志摩的名作《再别康桥》，有优美的音乐伴诵，效果出奇的好，最终夺得第一。老师送给获奖同学的奖品正是他自己买的一些新书。老师挑选了一些同学和班干部作评委，他自己是主评，我作为科代表也是其中之一。当时我也没想要参赛，老师事先知道没有我的名字，以为是我要避嫌，特地提议我也参赛，但被我婉拒了。其实是那个时候我一点想表现的欲望都没有，没有那份激情，焉能朗诵好诗词？后来，我看见老师奖给第一名的是两本我已经买有的新书，不禁暗暗庆幸，好像我就定能夺得第一似的，这种当时的心理我至今难忘，没想到我也曾经那么自负过。

不管怎样，对于高三的我们来说，高考迎面而来。到了填报志愿的时候，我们都在思索自己的将来。文科班当然只能报考文科类了，可还有外语类要另外填报和参加市里统一的口试，其实我们从高二开始英语老师就专门为我们开设了英语口语听力训练，共有成绩比较好的十几人参加，目标都是要报读外语专业的。我有幸混迹其中。正在我们犹豫不决的时候，一个读外语专业的学姐写了一封信给冯老师，诉说面对枯燥的字母单词之苦，后悔没有选读中文这门母语。老师把信读给我们听，我和几个同学都放弃了报读外语的想法，其他同学终是选读了他们的外语专业。

此后，命运之神让我们各自选择和跋涉自己的人生之路。不仅如此，想来我读了老师所没有想到的专业，是让他有点失望的。

行文至此，冯老师早已永远地离开了我们。前年高中毕业二十周年聚会，我没有去成，但同学传回来的消息却是老师早在两年前就已经因病去世，如果健在现在也年近八十了吧。其实毕业后，我还是跟同学回去见过冯老师两次，两次都在老师家里，听他谈谈读书，谈谈生活，也跟老师谈谈我们的大学生活。往事随风，在此唯有馨香一炷祷祝和念想我们的老师。

四

数学老师想来一般都不愿意教文科班，不仅是文科生的理科思维比较差，而且"文人"嘛，也有自以为是的酸气。其实，现在想想我们当时还是挺乖的，并没有那自以为是的毛病，但离数学老师的要求还是有一段距离的，毕竟是学文科的，尽管我们已经是重点中学唯一的文科班。

谭老师教我们数学，想来他必定没有少生气，其实是着急，当他手中的粉笔停在黑板某个位置不动的时候，下一步必然是他回过头来看着我们，口里将念念着"骂"我们了——笨啊！其实他骂的是方言，我实在无法用文字来表达，"笨"字在方言里更活灵活现，但没有太多的贬义，而且说这话时，谭老师也很可爱，更像严格要求又呵护我们的长辈。

是的，谭老师更像是我们的长辈，白发苍苍的他即将退休，我们高考完，他也就功成身退了。所以我们还有幸成了他的关门子弟。这样说来，谭老师的年纪比冯老师还大。

虽然谭老师上课好像总嫌我们反应不够好，骂我们"笨"，但我们一点都不讨厌他，只是心里有点畏惧。在数学老师面前，我们都太渺小，谭老师就像那屹立的金瓯山，俯瞰着我们。我们都知道谭老师的故事，因此也就只有佩服的份，哪敢有什么抱怨。

谭老师是"富农子弟"出身，在那个特殊的年代，爱读书而不能，只能眼巴巴看着别的孩子背着书包高高兴兴上学去，自己则躲在角落里哭泣。但谭老师也不愿就此罢休，这不是他的性格。他已经学得了一些基础知识，尤其是对数理化特别喜欢，成绩也特别好。后来也不知道他从哪里弄来了一套《高等数学》教材，不上学可以，他就暗地里偷偷地自学。所以谭老师引以为荣的是他中学阶段就自学完了大学的课程，而且是全记在了脑子里，从此做题是"无往而不胜"，没有能难倒他的题。

历史从来都喜欢捉弄人，谭老师那个年代的人正是这样走过来的。我到现在都不清楚，后来谭老师有没有继续读大学，有人说他是中山大学数学系毕业的，但我也没有办法向他求证，也不好意思问。其实，谭老师那一辈的老教师，当年在母校几乎都是厉害人物，响当当的名牌大学多的是，而且很多都不是师范院校毕业的，但比师院还要有来头。

谭老师上课几乎每课必"骂"我们，久而久之我们也就习惯了，倘若有时听不到他的责骂反而感到不习惯，总觉得当天少了点什么。其实细细想来，他的习惯性的骂里，不是着急的责备，更多包含着他催促的关怀。他也时不时地会流露当年读书艰难的感慨，也就自然地比较出今天的大好时光，青春年少好读书。只是，谭老师已不再年轻，满头白发，他哪能不劝告年轻的我们，甚至替我们着急。

但谭老师终是在课上病倒了。一天上课，他脸色苍白，讲课到中途，他再也支撑不住，不得不坐下来。他坦言，多年的胃病复发了，疼痛不堪忍受，无法继续上课，只得回家吃药。大家商量好让班长和我一起护送谭老师回家，班长个头大，他骑单车载谭老师，我则骑车跟随。在路上，我看见谭老师安静地缩坐在自行车的后座上，瘦瘦的身子，慈祥的神情，这一情景深深地留在我的脑海里，以至多年后的今天我回想起来仍仿佛就在眼前。

后来，我们全班同学自发为谭老师捐款买药，虽然钱不多，但也代表了我们的心意，谭老师也非常感激。我们几个同学代表在他家聊天，也就更了解他当年自学读书之不易了。其实，何止这些，更有他人生的挫折和屈辱，这些都是不为我们所知的，但这些都成了历史。谭老师也就看得很开，且任何时候都没有放弃。

对于我们的老师，我们能做什么呢，我什么都做不了。至多，我偶尔会想起他们，想到他们，也就想起自己学生时代的那些青葱岁月。也许是运气，我从没碰到我认为不称职的老师，他们留给我的印象几乎全是美好的。在这社会上不再是学生这个角色已经多年，但我竟然以教师这个角色替代了我的学生角色，每每想起我自己的老师，不禁都让我战战兢兢，我怕愧对了这一神圣身份，这一我的老师同样拥有的身份。我只有惭愧，但我尚能时时提醒自己，老师们的为人正是作为学生的我的榜样，思索他们也就是思索我自己。

（载于《师道》，2018 年第 11 期）

忆母校

什么样的学校会成为自己的母校，也许是命中注定的。既然是母校，宛如生身母亲，不管当时如何不懂事，长大后我们回头去看，报以母校更多的是爱和感恩。而当时所有的酸和苦，过后都仿佛会一一变成了甜，尽管可能是表层涂了一层淡淡的甜而已，但至今还值得一一回味。

考入华南师范大学后的第一个月，我在忙着转系，中文系难转，就想转去历史系。转系是因为觉得自己毕竟是文科生，相比地理，学文史或许更合乎自己的性情，甚至找了个教育厅的远亲帮忙打听转系的事。我还给辅导员写了一封信，表达我学习的困惑和转系的愿望。辅导员庄老师找我谈话，她的一番话语断了我转系的念头。她说，转系是不可能的，去年有人找校长来说情也未能转成，此门是不会轻易开的，我半信半疑。她还说，这样的困惑是很正常的，多少人还不是学着自己并不喜欢的专业，为何不挑战一下自己？况且，毕业后用非所学的很多。我犹犹豫豫，后来还是适应了，虽然一开始不喜欢，最终还是并不讨厌所学的地理，只是我所喜欢的东西与我擦肩而过，再也不能当作专业来学了。大学四年，我从图书馆借出的书籍大致不离文史哲的范畴。虽然并没有很喜欢自己的专业，但我这样的呆脑袋还是能够专心向学的，每年的综合测评，我还是能够获得奖学金。四年下来，我最终还能以年级前列的成绩毕业。这并不能证明自己聪明或者学习有多么认真，只是因为还有更多的同学并没有很用心地读书罢了。天之骄子，一旦没有了升学的压力，读书自然不那么上心了，换成谁都有这种境况，只是程度不同罢了。

忆华师，地理专业最让人喜欢的就是野外实习了。四年来，我们一百二十八号人马，在老师的带领下，浩浩荡荡，北上庐山，南下湛江，去西樵山调查旅游资源开发，远赴阳春勘察喀斯特地貌……当然，也顺便旅旅游。犹记得，我们的火车专列因那一年的长江洪水而一度停留，脚下洪水滔滔，有冒险登山的意味。何须说，庐山的景色美不胜收，五老峰、三叠泉、锦绣谷、龙首崖、黑龙潭、如琴湖……还有那电影《庐山恋》的拍摄地，树影婆娑，阳光点点，这样的电影当时却不知找哪个女生一起看才好。虽然山上时常晨雾弥漫、细雨绵绵，却无法浇灭我们如火的青春热情。我们挖土壤剖面，识别植物种类，顺着老师的指引亲眼看一看当年李四光先生发现的第四纪冰川地貌……虽然不大喝酒，但也可以餐餐有酒。如今只记得，山上根本不需要冰箱，随便从水池里拿出来都是冰啤酒，而且庐山啤酒好便宜！犹记得，我们远赴湛江，坐的是夜车，虽然是所谓的卧铺大巴，却又脏又旧。半路上，在漆黑夜色的掩护下我们男生顾不了那么多了，在路边就地解决内急问题……湛江，有莫名其妙的"广州湾"，有蔚蓝的海水，还有那座尚未开发的满沙滩都是贝壳的东海岛。我们分小组在雷州半岛考察区域农业发展，遇见的村庄家家户户高挂避雷针，蔚为壮观，不愧是"雷"州啊。犹记得，西樵山上，我与一个女生负责黄飞鸿景区，无暇好好思索黄师傅的无影脚，不断缠着各路游客填写调查问卷，为凑不够问卷数目而着急。犹记得，我们考察阳春春湾的喀斯特地貌，用自己的脚丈量一个小盆地，虽然是小盆地，走路也要一整天，年过半百的教授都陪着我们步行，我们又怎会有怨言呢？地下是背斜还是向斜，如今早就记不清楚了。最美当然是凌霄岩洞了，那个石碌铜矿亏损得一塌涂地，倒是给我们留下了很深的印象……

忆华师，我们对待学习的态度还是相当认真的，最认真的要数高同学。他几乎每晚都往第一课室大楼自修室跑，而我一般是去系楼或旧图书馆，后来更喜欢待在宿舍读书。记得学地质学的那个学期，我与高同学热情很高，背起书包，带上干粮，步行去师大北门省农科院，农科院后面几公里地那儿有好几座丘陵，现在也忘了那里地名叫什么。我们翻山越岭，试图做野外勘察。我们仔细察看地形地貌，细心寻找、挖掘各类矿石，拣回好些石头标本。当洗干净后的大小石头标本一一摆在那栏杆上，被明亮的阳光照耀着，别的同学产生了羡慕之情，还埋怨没叫上他们，我们便有了成就感和满足感。毕竟，这些是我们亲自在野外找到的，这也是科学实践精神。

忆华师，当时萌生了徒步走广州的想法。与好友小张约好，做好详尽的计划，包括来回路线的设计。我们一早准备好，从师大西门出发，一路向西北，计划徒步走到白云山。那次是真正意义的徒步，虽然走得很累，但我们坚决抵制诱惑，拒绝坐车，一直走到了白云山脚下的牌坊，也认出了牌坊上郭沫若的题字。但是实在是太累了，没能继续上山。考虑到体力的问题，后来我们稍作歇息就又开始往回走，经瘦狗岭，一路谈笑，一路咬紧牙关互相打气，坚持坚持再坚持，最终还是顺利回到宿舍，瘫倒在床上，算是完成了第一次徒步走广州。但这次徒步可能时间过于仓促，强度太大，体力消耗太多，致使以后再也不敢提徒步走的事，这也成了虎头蛇尾的计划。后来又因各自有各自的学习生活，再也没有继续徒步走广州，终成了一件憾事。其实想想，徒步走或许不如单车行更现实，更可行，邀上几位好友，成群结队，一路挥洒青春，沐浴阳光，那是多么惬意的事情啊！

忆华师，读书"霸位"是所有大学都在上演的事。上课若也想霸位，那就要去得早一些，想认真听的课就霸前面的座位，不想听的课就早早霸定后排的位置。去图书馆自修更要霸位。犹记得，周末清晨的图书馆还没有开放，外面就排着长长的队伍，个个背着书包，拎着早餐。若是在寒冷的冬天，天还没亮就得排队，还在冒着热气的早餐不禁带给人丝丝暖意。不要以为我们真的有多好学，这样的情景最多是出现在学期末测试前的一段时间，因为要赶着复习考试过关呢，临时抱佛脚的多。当然也不排除有些真正的好学者、读书人，他们可是自修室的常客，不管春夏秋冬白昼黑夜。新图书馆建好以后，我很少去那里自修，除了借书。我主要是去旧图书馆自修，旧图书馆位子有限，故此更要霸位。有经验的都知道，霸位其实是霸住椅子最重要，我们有时会带把锁，把自己的书包与椅子锁在一起，别人就不好意思来搬你的椅子了，这样的事我也干了有好长一段时间。其实，真正的读书环境舒适就好，适合自己就好，自修室非常安静，当然容易看得进书；可像新图书馆那样据说可容近千人的自修室，有些时候坐在那儿反而是很不自在的，我是一次也没有去过的。

忆华师，那时候的读书是洋洋洒洒乱读一通。虽然独学无友，却也顺着自己的性情一路读，一路丢，就像蜜蜂忙于采蜜，只是采个不停，不问结果。那时候读书是那样的杂乱无章，也没有计划，常常是一本接一本地乱读。那些书很多时候并没有联系，有时因某篇文章讲到就找来读，有时是一个人接着另一个人的作品来读，有时又是一个系列地读。犹记得，在图书馆偶尔读到陈平原教授的第一本书，好像是《学者的人间情怀》，抑或是《书生意气》，便喜欢上他笔下带着情感的文字，从此找遍他的所有书来读，也买他的书，包括学术著作如《中国现代学术之建立》等。其实读这样理论性强的书也只是出于喜欢，陈先生的学术论文也很是可读，自己当时对他的读书生活也很是向往。犹记得，适逢日本作家川端康成的系列全集翻译出版，我从图书馆几本几本地借来看，全身心沉浸在川端康成的小说世界里面，对日本以及它的文化有了粗浅的认识，也理解、接受和喜欢了它的阴柔和凄美，至今回想起来那段阅读时光，仍是那样的美，让人不舍。虽然现在并不喜欢余秋雨，但那个时候还是真心喜欢读他的书。从《文化苦旅》开始，一本接一本地读，喜欢他渲染的那种文化氛围和情怀，并一度为之痴迷。感谢余秋雨，毕竟那个年龄，那个阶段，我们还需要这样的书来普及和启蒙，即便是所谓的"文化口红"。那个时候，喜欢读叔本华的哲学著作，他的悲观哲学对当时的自己影响非常大。那个时候的我还一度爱读英文诗，爱听《疯狂英语》里面的诗歌朗诵，那也是一种美的享受。那个年代广州还有份小报《岭南文化时报》，它对自己的影响也相当巨大。后来，伴随着我毕业，它也倒闭了。读书，当然不能错过古今中外的经典了，但事实是很多经典自己还没有来得及读，总以为有的是时间，总以为很快就会就读到了。如今回想自己的大学时光，其实还是有遗憾的，也很后悔，那就是书仍然读得太少，其他活动所花的时间太多。我愈来愈清晰地认识了自己，假如可以重新选择，我愿意做个更纯粹的读书人，而不是那个时候的我。大四那一年，自己迫切地感到时间不可挽留，追悔莫及，因此在夜晚宿舍熄灯以后开始了公共洗澡间的夜读时光。搬张凳子去，借着澡间的灯光争分夺秒地看书，却经常被舍友嘲笑为假好学，因为我深更半夜回来难免窸窸窣窣弄出声来，扰了他们的美梦。他们笑我白天不好好读书，去做夜猫子，其实他们哪里知道我白天时间也是抓得很紧的，但总感觉时间不够用，故唯有挑灯夜读了。就这样，渐渐把眼睛也看坏了，赶上毕业前夕终于患上近视眼，从此开始了"假斯文"的生涯。

忆华师，难忘在学校党校学习的那段经历。那是大二的第一学期，我们都是入党积极分子，跟着师兄师姐、师弟师妹一起去党校学习，系里却点名要我来做组长。一起上课，听教授们、领导们谈有关知识，有关见解；一起讨论，讨论革命与改革的话题，讨论理想与现实；一起活动，除了义务志愿活动，去烈士陵园瞻仰革命先烈，缅怀往事……一切都是有条不紊、井然有序。结业了，我和一个师弟经投票成了优秀学员。顺理成章，紧接着发展入党事宜，人员已经确定，校党委发下表格来。这时候的我内心却非常纠结，因为经过了一番认真学习和思考，我更好地认识了我自己，于是大胆地婉拒了。学校以为发生了什么事，要系党总支书记去校党委解释清楚。总支书记曾老师找我谈话，我如实反映，认为自己动机不够纯正，还达不到条件，故此放弃，愿意继续加强理论修养和实践学习。曾书记听完笑着对我说，你是我们系历史上第一个主动放弃入党的人。

忆华师，还有太多的回忆，现在都变成了美好。自己虽然没有逃太多的课，但偶尔也赖在床上不肯去听下午的课，这样下午就可以早早地去跑步或打饭吃，晚上或与人有约，或去逛石牌夜市。怀念旧第一课室大楼，它虽然是苏式风格的笨拙建筑，但代表着师大的一些历史，因为岁月在这里沉淀，可惜它在我们毕业那一年被拆掉重建。怀念听过的各种讲座，上过的形形色色的选修课。犹记得到对面暨南大学上的跨校选修课，课题叫"现代伦理学"，是我受启发最大的选修课。它改变了我的一些思维定式，让我更坚守真善美的理念。在课上，我们与暨大的同学，与港澳的同学一起讨论分辩问题，辨别优越价值。任课老师对我的作业随感高度肯定和赞赏，更是让我倍受鼓舞，当时那一句"想不到你一个地理系的同学竟……"让我沾沾自喜，他还鼓励我大胆去投稿，但我一直未付诸行动。怀念东十九宿舍楼，我在那里住了四年，虽然楼算是很新的，但也很简陋，恐怕至今没有独立卫生间吧。公共的卫生间，公共的洗澡间，怀念那些寒冷的冬天，天天傍晚坚持洗冷水澡发出的号叫和歌声，以及跳跃运动产生的热量。还有每逢球赛的夜晚那些喝彩声和诅咒辱骂声，甚至偶尔摔啤酒瓶的破空声……

忆华师，怀念同学们、朋友们。想念班上那八位澳门的同学，想念他们笔画繁多的繁体字，他们的生活与我们永远隔着一层淡淡的神秘面纱。想念我的好友们，幽默的老补，憨厚的小黎，聪明的小张，朴实的高同学，正直睿智的修哥，好学的小胖，自以为是的阿甘，可爱的林同学，人如其名的铁钢，还有林小姐、梁小姐、刘小姐、谭小姐……我们一起分享欢乐，一起承担哀愁。还记得吗，常常装模作样去东九、东十女生楼下找自己中文系的高中同学，其实那都是借口，为的是希望能跟哪位中文系女生的邂逅吧，你的那点小心事谁不知道呢？也曾喝醉过，一次是在专家楼，朋友们为你庆祝生日，你喝多了但很高兴。再有一次就是毕业晚餐，喝到吐为止……原谅我，那次毕业十周年的时候没有回去看你们，看我们的老师们。

我敬爱的老师们，我亲爱的同窗，我曾经的母校，我难忘的华师！

（载于《师道》，2019 年第 12 期）

"当泥"熟了

好多年前，曾经见过吴老师一面，那是我大学毕业后第一次见他，当时我的心情战战兢兢，感觉自己没什么出息，愧对师长。那次他对我说，过完暑假他就要到珠三角某个城市去教书，虽不是正式调动，但薪酬比在家乡好。我低头无言，不知说什么好，他依然是那么健谈，眼镜片后面的目光里充满睿智。

一直想打听他的消息，想知道他后来到底有没有去那个城市，以及现在的情况。但是又有点怕，真的，很怕知道。现在教书这份工作，到哪里都不再从容，不再是以前那样充满理想、激情和梦想。以前的吴老师是满怀理想激情梦想的，那正是教我们时候的他。虽然现在的他我无从了解，但他一直带高三，高考成绩数一数二，这同样也是以前好强的他，没有变。

吴老师是我初中的班主任，语文老师。准确讲，我们不叫他吴老师，而是叫他的名字后面再加上老师的称谓，这样称呼更亲切些。我在镇上读初中时，吴老师大学刚毕业一两年，因为记得之前他还带过一个班，到他接手教我们的时候我已读初二了，一直到初中毕业。

那时候的他，跟我们年龄相差不远，都是年轻人的心。他从不会直接要求我们如何如何，但他知道我们需要什么，有些时候他也挺严格的。那时候的学校，条件还是比较差，没有多少可供阅读的报刊。吴老师自己订了一份《语文报》，那时候的语文报不像现在这个样子，尽是些习题。《语文报》带有更多文学的特征，上面有很多名家的文章和一些优美的诗歌散文。由于只有一份报纸，只能快速传阅。吴老师建议我们自己准备个本子，把一些好的诗文摘抄下来，以慢慢欣赏。所以一到课后和午间，我们都在摘抄自己喜爱的文句，而我抄得最多的是一些诗歌，包括现代诗和古诗词。这样摘抄下来，我抄满了两本厚厚的本子，到了最后，本子里什么都有，自己认为有趣的喜欢的，都往里面放。而那个时候，我的阅读趣味已基本上从《故事大王》《童话大王》的年代跨越到了《读者文摘》（就是《读者》），所以我不仅仅摘抄《语文报》，还摘抄《读者》甚至凡是能找见的报刊如《广东电视周报》等。这摘抄的习惯一直保留到大学一二年级，那时候最有代表性的摘抄成果就是《三曹诗选》，这不厚的一本是我精心整本抄录的，因为当时特别喜欢曹氏父子的诗。后来觉得摘抄毕竟是有限的，更多的好书需要完整拥有，那就省着点买吧，从此开始更多的买书行为，以至有一次放假时一起回家的同学都埋怨我拖累他们，我亦只有苦笑。但是偶尔摘抄的习惯还是保留着，曾经一段时间对时政观察的文章很感兴趣，在大学旧图书馆期刊阅览室翻看刊物时，竟摘抄了不少"时文"论句，很可惜后来被我丢弃了，不然如今翻之当如何乎？

可以说，我们阅读摘抄的习惯和兴趣都是得之于吴老师，而且甚至阅读的趣味，都直接和间接受吴老师的影响。一份《语文报》，一大叠厚厚的报纸，在教室里，被我们传阅和摘抄，结果常常是报纸变旧了，甚至烂了，之后，老师才把它收起来放好。

而如今，亦不知我们的《语文报》尚在否？即使不在，也在情理之中，我们没有理由要求吴老师替我们收藏保存好属于我们的阅读记忆，我们唯有心存感激和感恩。

吴老师对我们的影响还不仅仅在阅读上。多年以后，有同学说吴老师跟我们更像朋友，我们都很赞同他的说法。那时候，很流行小虎队、林志颖、罗大佑，吴老师利用班会课和语文课，把歌词曲调用一张大白纸抄好，挂在黑板上，录音机里播放磁带，就这样，他一句一段地教我们唱，有板有眼，活像个音乐老师。在初二那年，我们学会了很多歌曲，教室里经常是歌声、欢笑声，我们和吴老师一样，都特别喜欢罗大佑的《恋曲1990》《童年》《外婆的澎湖湾》。现在想想，那时候读书还挺自由的，现在的班会课和语文课谁还敢这样做？

那时候学校的管理还比较宽松，没有学校领导巡堂，也没有领导推门听课，对班会课亦是如此。当然，现在想来即使巡堂听课恐怕也不算违规。在这样宽松的环境下，吴老师除了教我们唱歌，搞活动外，他当然也懂得利用情感对年少懵懂的我们加以点拨和提醒。学唱完小虎队的歌，他只说了一句话："别忘了，小虎队、林志颖他们比你们大不了多少哩。"

但有的时候，他什么也不说。有一次，他给我们播放了一首客家山歌，名字我忘了，那是一首很有名的方言山歌，由一男一女两位山歌手对唱人的一生，从母亲十月怀胎、深夜冒雨求医、含辛茹苦拉扯大到卖田卖地供养读书等，声声泣下，揪人心弦。那一次，我们异常安静，从开头至结尾，静心屏气，认认真真用心倾听，听完之后大家都哽住了，说不出话来，眼睛里热乎乎的东西直打滚。吴老师一句话也没有说，但我们从他一脸严肃的神情和湿润的眼眶看得出来，我们都在感念同样的东西，这东西用大家熟悉的山歌表达出来，并传递流淌到每一个倾听者的心田里，这还需要什么多余的言语吗？那是我上过的形式最简单却感受最深刻的班会课。我们不仅开始更深入地领略传统山歌的美，慢慢开始懂得珍视这种美，还渐渐体会到山歌这种民间艺术形式所承载的"道"。我们很多同学多年以后仍然常常提起，念念不忘当时那份深深的感动甚至震撼。

吴老师教我们语文，他的语文课一如他的性格激情澎湃、抑扬顿挫，为大家喜欢，而语文课历来是我最喜欢上的。不听他的课已经很多年了。当年毕业后我升读重点中学，其实两年后吴老师也因教学水平高而调到我所就读的学校，不过那时我忙着复习高考，无暇跟吴老师多联系。后来见面越来越少，直至我考上大学，去外地读书见面就更少了。

秋天来了，故乡山上的"当泥"渐渐熟了。故乡的土话"当泥"，又叫当泥子、当梨，也叫山棯子、桃金娘，属于桃金娘灌木，漫山遍野，是我们小时候爱吃的天然野果。长在山野的当泥，也是山乡少年熟知至爱之物，物有所系。当年，吴老师给我们朗读过一篇关于"当泥"的散文，那是他大学时写的关于他自己的少年故事，也是少年情怀。老师念念不忘的是，当年一对可亲的人儿，一起采到孪生的当泥子，朦胧的情怀，思之令人怅惘，难以释怀。

"当泥"熟了，不知道吴老师是否还深记他的少年往事和那份情怀，而当泥，我是熟识的。故乡那满山遍野的桃金娘灌木，挂满了沉甸甸的小果实，由青而粉红渐渐暗紫。这灌木也是农村常用作烧火的薪材。其实，我们都是当泥子，虽然远离了故乡的土地。

啊，老师们！

一所仅有二十年历史的学校，我有幸待在其中十九年。私下里，我跟很多人一样，认为自己与这所学校是有缘分的，虽然这很可能只是自作多情。虽然其他的亲历者也未必都这样认为，但我们自己内心深处仍有一种特别的复杂而微妙的情怀，这种情，道不清，理还乱。因为我们与这所学校曾经一起艰难跋涉，有过所谓的一起成长。我们亲历了它的成长和发展，而它也见证了我们一点一滴的努力和付出。这所学校，我们称之为 SH 中。不管愿不愿意，事实是，我们，他们都是或曾经是 SH 中人。

我们经常说，学生是学校的根本，没错，没有了学生学校何以为学校？但其实，教师更是学校的根本，学生来一批走一批，他们至多在校三四年，而教师长期在此工作和生活，是学校每一个细微历史的亲历者和组成者，他们与学校命运攸关，风雨与共。由于距离产生朦胧之美和回忆的作怪，一般学生毕业后大多只记得母校的好，老师的好，他们不大看得到其中的不足，他们筛选了青春记忆中的那份美好。老师不仅知道学校的好，老师的好，也看到了学校自身的不足和老师的不足，他们有时候会为此发出自己的声音。如果认为这些尽是牢骚，那就是不公和不智，那其实正是老师们关心自己学校和有归属感的表现。教师若与学校真正融为一家，还有什么过不去的坎？

那些年，那些老师，曾经在 SH 中这个地方工作过，生活过，因为各种原因，如今他们都离开了这里，去到各个地方。他们虽然走了，但过去了的往事应该属于历史，属于 SH 中历史的一部分。我笔下的这些老师，他们未必有什么过人之处，也不是时下的什么感动人物，他们或许还会引发争议，但他们都是些个性鲜明的人，平凡而真诚的人，至少在我看来是这样的。我按着自己的了解和理解照实写来，写他们的平凡工作和生活，写他们的喜怒哀乐，写他们的人生困境顺境，这是我写这些文字的初衷，不管我是否胜任也不管能否写好。华东师范大学叶澜教授认为，"教师首先要自己像人一样地活着，他才能对别人产生影响，一种使其成为人的影响"。此话甚得我心。他们离开了这里，多年后，给了我一个想念他们的理由。想念他们，不如说是怀念那一段段时光，怀念我们自己曾经有过的岁月，而这，也可以说是 SH 中的青葱岁月。

老 H

老 H 在这里的时候可说得上是这个小地方的名师了，这所谓的名师当然不是什么部门评审的，像今天的什么什么名师一大堆，他只是我们认识的这些人私下里调侃却又是业内认可的，换句话也可以说是个牛人，虽然那时候他还不是高级正高级特级老师什么的。作为早年毕业于名牌师大的湖北人，印象中老 H 好像一直都很自负，其自负有其底气和本钱，但亦有时"胡言乱语"，甚至对其他学科有偏见，因为他一心只想教好自己的那一科，把工作做到极致乃至极端。个性太强，显山露水的，与人相处难免会有过节，常招来非议，故他的口碑并不是很好，他不是那种到处讨人喜欢的和气之人，但是他根本不在乎这些，依旧我行我素，做他自己。

那些年，老 H 在我们面前常侃大山，指点江山，言论有时颇偏激，但往往一针见血，令人有时有豁然开朗的感觉。曾经一段时期，我们常午饭后三三两两聚坐宿舍楼前的草地上闲聊，他抽烟站着，开讲时事，他有他所标榜的所谓一些内幕和独到的看法。有人笑称"H 说"，他亦坦然，并不多加反驳和辩解。但其实在这些"H 说"当中亦自有其合情合理之处，不乏有见解的地方。

老 H 常说，等攒够一笔钱以后就去开个小工厂，自己却也不知道这个计划何时方能实现。为了这个更有作为更有抱负的工厂梦，老 H 很拼命，晚上休息时间常在外面开班做家教，收入虽然可观，但离他的工厂梦还是有相当一段距离的。故，他隔几年便换一所学校，这个小地方仅有的几所高中他都一一待过了，最终辗转去了香港，偶尔还回来转转。至今我也不太清楚他的工厂梦是否已经实现了。

除了家教，便是炒股，老 H 炒股，知悉他的人说好像并没怎么赚钱，都被套牢了。时下对教师做家教讳莫如深，有些地方教育部门甚至明文规定在职教师不得从事有偿家教，但当年的老 H 并没有违规，他也没有课堂上不好好教书，他只是多劳多得拼命想多赚钱，他信钱这个理，认定是硬道理。他换学校的原因主要也是钱。据闻，他直接就对校长说此校钱太少，故离开。也不知有无此事。

最后提一句，老 H 教书其实很敬业也很疯狂，经常备课到深夜，布置的作业也多得很，但他所教的班级成绩都很牛，一般人望尘莫及。他一心只想教好自己的书，其他外在的东西，他根本不去理会。

这样写老 H，可能是片面的，并不是很多人心目中的老 H。可又有什么关系呢，关键是我们曾经跟着老 H，与他相处，多少能感受到他的一些喜怒哀乐和真我的性情。你可能不喜欢他，但他是个真实的人，他不虚伪、不做作，他直来直去，他敢于抗争和追求。这或许多少也是他那个年代成长的人的一些共通之处。要不是那个年代的风波，恐怕他也不会辗转到这里。我们现在这样真性情的人不是太多，而是太少了。

道伦

自认识道伦，便一直这样直呼他的名字至今，没大没小的。其实也是因为他的为人和蔼可亲，他就是这样的人，初认识他，你也不会感到很拘束。许多学生都认为他很搞笑，风趣可亲，这正是他最大的特点。

第一年出来工作，便与道伦过从较密，常常去听他的生物课，常听常新。现在的教学改革花样层出不穷，令人目不暇接，可就是忘了课堂最直接的标准，那就是多一点生动好玩有趣、紧紧抓住学生，其实这恰恰是很高的要求。很多时候去听课就是一种折磨，可在道伦的课上你不会有这样的感觉。他的课堂时常妙趣横生，生动活泼，这样的课是不可复制、不可替代的。据说有位不苟言笑的领导听了他的课都忍不住哈哈大笑。

我自己倒是时常捧腹大笑，有时候眼泪都笑出来了。记得有一次上课讲植物纤维的性能，为了直观地展示给学生看，道伦弄来一根树棍，边讲边拿起棍子往自己手臂上敲打，班上同学先是大惊，后会其意而哈哈大笑，我在现场自叹不如。他这也不是在以自残为代价，因为我们都知道他是会点功夫的。他的课堂调控能力也是很强的，有时候学生难免会走神，他很快就发觉了这一点，真的是行如风，很快悄无声息地到了这学生面前，用各种方式提示，学生很快明白过来重新认真听课。有些时候走神的学生还没有醒悟过来，全班同学早已哄堂大笑了，弄得那学生都很不好意思，精神自然抖擞起来。

这一切实源于他的多才多艺。道伦虽然所学专业是生物，却也喜欢音乐，应该是经过较好的学习和训练，对音乐有研究，也会作曲作词，听说他家有很好的录音棚。学校的晚会上，只要他一出场，立马全场轰动，还记得他在台上高歌一曲《我的太阳》，台下掌声雷动的鼎沸场面。他不仅演唱，而且同时露一手武术，好听又好看。虽然长得矮小但他是有功夫的，他自己说早年时常有人来找他比武，年纪大些才不那么争强好胜就拒绝了。有这样一身功夫，他自然就是学生社团活动的武术指导老师啦。有一次，在他家阳台，道伦给我和老莫露了一手他的功夫，他还作了示范讲解，虽然无心学他的功夫，但我至今仍记得他说的技巧主要是"守住中线，可攻可守"。

他就是这样一位深受学生喜欢和欢迎的人。有这样的鬼才、怪才，实是学校和学生之幸。一所学校，这样的人越多，越有包容度。但可惜，未必人人都会这样认为。这是一个只认文凭不认人的时代，所有学校都在追逐应试教育的美丽泡沫，只要表面漂浮着的泡沫，不要底下深流的静水。所以他最终还是被调走了。有的教师混到一定年纪，难免老于世故，变得滑头，而我认识的道伦却不是这样的人，他还是那么亲切、真诚，感觉都过去十几年了，连自己都变了，他还有他的本色。

X 大师

其实我们也不这样叫他，我自己有些时候称他为 X 老师。以前偶尔看到学校一些教室走廊挂的书画，我便会想起 X 老师。

很多人是不认识他的，因为他在此地待了六年，在 SH 中却只待了短短的两年。这两年，我有幸与他同一办公室，一起共事，孰料这两年却是他待在 SH 中的最后两年，也是很痛苦的两年，这两年也是我入行慢慢适应心路历程的漫漫两年。我们也就有了粗浅的了解和交往。

作为一个美术老师，毋庸置疑他是胜任的，且说得上才华横溢，这可从他所专的书法国画得到印证，甚至摄影。并不是现在他是一个小有名气的书画家了才这样说。但令人不解的是，他一直在教初中，即使学校有了高中。后来，我常常假设，假如 X 老师任教高中，一路顺利，他还会去读研吗，是否结局就不一样了呢？无须回避这个问题，学校没有让他教高中，而初中的教学长远看确实所用非其长。在单纯追求升学成绩的大环境下，一些科目可有可无，甚至被称为"副科""杂科"，这些老师也就随之身价贬值无足轻重，这一切实是成见所致、势利所致。呜呼哀哉，长期以来教师也被分为三六九等。

X 老师倒并不在意这些。除了教书，他专习书画和摄影。他常说，当年初来此地，周末他不用补课，就一个人背着画板到野外写生。当时还住在学校宿舍，偏僻得很，但环境挺好的。讲起早年这些时光，X 老师还颇有点留恋的意味。毕竟，年轻老师都是这样过来的。提到年轻之时，他仍有点激动，尽管当时他也还很年轻。他还讲到当年毕业南下深圳找工作，晚上睡大街的经历，很是有点感慨。年轻就是好啊。

但想不到的是，心高气傲的他会在此地默默干了六年。我不甚清楚之前他是怎么想的，与他相处的两年却是他最不如意的两年。初中美术课可想而知的不被重视，加上初中生调皮捣蛋难教，他还时时被分配去看无聊的自习课管学生纪律，这些都令他痛苦不堪，偶尔他还罚学生站，顺手用报纸"打"学生，犯了"体罚"之过，在教师大会上 X 老师被校长点名批评，公开做检讨，顿时气氛紧张起来……本来教书就让他甚感拘束，此时的 X 老师从没有过的沮丧，心情极坏。在与他的交谈中，我偶尔提到考研一途。终于，他迈出了人生最重要的另一步，辞别教席，报考美术学院，如愿考上，远赴京华，专习山水国画去了。

当年 X 老师读完一学期后回到此地，我们一群人还与他相聚，那时他的气色明显比在 SH 中时好，想来当然是过得很好，很如意。当年得知他要离开 SH 中，听说他的一些学生痛哭泪流，其中一个高徒早已回到 SH 中任教，继续他未竟的美术教育梦想。一晃多年，X 老师早已小有名气，上网输入他的名字便可知。如今的 X 老师满脸络腮胡子，踌躇满志，更有艺术家的气质了，这正很适合他的性情。做自己喜欢的事情是幸福的。

X 老师走后，很多老师感慨应该赶快把他的书画作品收藏起来，等着升值呢。他其实为学校做了很多，除了以前的很多书画以外（这些早年挂在很多教室走廊外，风吹雨打，破损不堪，如今已不见踪影了），学校校徽就是他设计的，这是他留给 SH 中的最重要作品。但校徽是不具名的，背后的故事更不为人所知了。

老何

提到 SH 中的老师，老何无论如何你是绕不过去的，他是一座山。SH 中那两座小山丘，连山都算不上。但其实，我不是写他的最佳人选，应该由他们语文科组的人来写，抑或由他教过的学生们来写最为妥当，也最好看。我现在写这些文字也确是勉为其难，战战兢兢。

虽然离开教书的岗位已多年，但老何依然十分关注中学教育，关注语文教育。以前经常可以在报纸杂志上看到他关于教育教学的大作，他的文章一如他的为人，有见地，有思想，一针见血，掷地有声，从不说不痛不痒的话，这样的文章胜却那些四平八稳的论文无数，让人颇感痛快，至少我是这样认为的。但其实看老何这样的文章，我又是很矛盾的，因为既高兴看到他的深度思考和对教育一贯的热情和人文关怀，又暗暗替他担心和惋惜。因为自己私下里向来认为，老何虽然首先是个老师，但血液里流淌的是个诗人、作家。我更愿意看到老何写出更多的文学作品，更多的诗歌，更多的散文，更多的长篇，而不是浪费宝贵时间的关于教育的"时文"。这其实是我自私的想法。或许，那正是老何对教育难舍的情怀，和骨子里对教育的热爱，拦也拦不住。

SH 中要说曾经有过那么几个正直的、有脊梁骨、有思想的人的话，老何必是第一人。老何敢说敢做，敢爱敢恨，嫉恶如仇，决不苟且，若是在古代，必是侠义之人。老何他就是宝剑出鞘，锋芒太露，处处得罪人，也必然遭人暗箭所伤。这样写来，感觉太夸张，其实不然，熟知他的故事你就会懂他，他后来的人生路仿佛就是一部离奇的小说。他俨然是小说中的人物，从 SH

中到教育局到城管到……虽到中年，处处闯关，披荆斩棘，勇往直前，这是一条汉子，虽然归根结底他也只是柔弱斯文的书生而已。但是那股热血丹心，仗义执言，凛然正气，雷厉风行，不像是个性情敏感细腻丰富的诗人。他就像是他诗里的那樽渴望完美却被灼伤身带裂纹的瓷瓶。

人生处处有夹缝。老何写过一首夹缝的诗，我算是读懂了。真正懂他的人从心里面爱着他，不懂他的人只会指手画脚论其是非。他的学生深深爱着他，他也深爱着他的学生，有些学生还出现在他的文章里。当年他调往教育局，我们心里替他高兴又惋惜，高兴的是他有了更大的人生舞台，惋惜的是学生从此可能失去一位好老师。孰料，命运跟他开了一个那么大的玩笑，风云变幻，惊涛拍岸，老何驾一叶扁舟总算是顺利到达另外一个彼岸。老何说他深研命理之学，信或有之。旁人无须指指点点，他有他自己的智慧。

其实，像他这样的人，亦是我们尊敬的师长，心里不敢轻易以同事视之。我从来都是称他为何老师。偶尔与何老师同个办公室，我有幸聆听他的教诲，分享他对于人世万物的精辟见解，而我自己向来是木讷口拙不善言语的人，内心有时有很多想法当时却无法表达出来，所以大多时候只有唯唯诺诺的份。但这样耳提面命的机会仍然不是很多。只因我偶尔还读点书，所以才有缘与他有更多的交流。作为作家，老何已出书三本，第一本初版的时候，他赠阅一本，我认真通读，并把能发现的错别字一一划出，抄在一张纸上拿给老何，想着再版之时可以校正更改。后来的另外两本我也有，里面有老何一直关注的教育问题，我不仅读到了他的教育思想，仿佛更感觉到他字里行间流淌的人格。他早就过了风花雪月、涂红抹白、滥情说愁的境界，他的文字是为自己的生命而写，书也是为自己而读，他活出了真的自己。而我们这些人还远远没有到达的可能。但老何也有他的洒脱之处，也许就像他的名字一样，"人生到处知何似，应似飞鸿踏雪泥"。他是真正的才子。

老何与学生的情谊自是无须多置一词的，那些与他有缘分的学生永远当他是导师和朋友。他写过一篇《永远的十二班》，被那时十二班的同学传为佳话。

老莫

老莫并不老，他是当年我们这一群青年教师中的一个。只是叫开了，大家就这么叫了，比他年龄大得多的老教师也亲切地叫他老莫。

老莫曾经在 SH 中有很多兄弟和朋友，在 SH 中八年，他早已把自己看作是 SH 中的一分子，甚至这一块土地也融入了他的热血，尽管他调离这里已经十一年了。虽然离开了，老莫却一直很关注这里，或许，这里曾有他耕耘的土地、挥洒的汗水，用他的话来说就是他在这个地方工作、恋爱、结婚、生子，做的都是大事。这些青春的印记，是不会轻易忘记的。在我看来，他是我们这一批人当中最有教育热忱，最有思想，也最具人格魅力的人。我自己有时难免会偷懒，但一想到他，便稍为振作些。如今的老莫远在特区，继续他的教育梦想，尤其注重践行他的公民教育理想，没有丝毫懈怠，尽管年纪轻轻早已评了高级职称。他也是我们这一批人当中最早评上高级的，其教育教学成绩由此可见一斑。

由于历史（老莫教历史，我们以前也同在一个大科组）的原因，其实也是缘分，讲起 SH 中，讲起早些年，我有幸与老莫有很多共同的经历，有些人有些事也是共同见证，这在很多地方已经写到。那时候的我们经常一起骑自行车，迎着朝阳或晚霞，穿越这座小城的大街小巷，探寻各个角落，感受这块上地的生生不息。我们的足迹几乎踏遍这个地方的东西南北，我们似乎比很多本地人还了解这个地方。在这过程中，我主要是个陪伴者。

这么多年过去了，我们这些人，一起看着学校的芒果树，不知不觉地从矮矮的个头拔高成林立的大树，一季一季的细黄芒果花开了又开，浓郁的花香在心头久久化不开，也曾指着那一树一树的累累果实来去匆匆，经常在树底下走过不禁会感慨流年似水。我们一起看着学校门前那条路，从坑坑洼洼的泥土路终于变成了平整的水泥路，从黑灯瞎火没有路灯时常有被打劫的危险到灯火终于通明心情也星光灿烂，之前扬起的青春灰尘早已不再计较，仿佛从黑暗中走来，为一点一滴改变而欢欣鼓舞。我们也曾一起经历宿舍还没有装防盗网，年关临近，三更半夜频频被小偷惊醒起来喊抓贼的难眠之夜。我们还一起经历了不少个雨夜的彷徨，关于人生，关于理想，这些青春才有的话题；也曾偶尔一起与其他朋友在酒吧浅尝辄止，"9·11"发生的当下恰好在那里看到电视的现场直播报道；作为本地人的阿泽还曾带着我们一起去蹦迪……现在回想起来，真的恍如前世，如若要致我们的青春，它就在这些地方。

我认识的老莫性格里还有执着、坚毅和淡定从容的一面。记得工作第一年，老莫班上有个男生因事气冲冲找到他，不问青红皂白就是一番埋怨责骂，临走时还抛下一句话说听不懂白话也不管了的气话。我见老莫当时面不改色，既没有斥责那学生，也没有惊慌失措，他始终是淡定从容的。这些我都自叹不如。

老莫还曾经在班上办过报纸，记得第一期的报纸我与王教授也成了顾问，其实是不顾不问，后因种种原因报纸未能继续印发下去，但也应是 SH 中第一份班级报纸了。这些有益的尝试，凡此种种，至今让人难以忘怀。我犹记得报纸头版头条登的是一则通讯，写的是老莫和老贾一同采访校长，老莫当时写到李校长给老贾点了一支"高级烟"，交谈甚欢云云，我当时虽然不在场，但读这篇报道记忆深刻，至今仍能感受到现场那种温馨和谐，那种人情味。

老莫口才好，演讲很精彩，且总能打动人，让人信服，它有别于那种一味地故作幽默媚俗或者夸张地歇斯底里式的。我曾参加过他早年在一个学生社团的课外活动，那是真正的课外活动而不是今天任务式的所谓研究性学习活动，老莫当时作了一个关于"谈恋爱"的讲演，非常精彩，赢得学生阵阵掌声。作为普通老师，他也偶尔在教师大会上做过汇报交流之类的台上发言，台下老师们也是笑声不断、掌声不断，不少人深深佩服老莫的敢于说话和一语中的，且生动活泼、精彩纷呈。其实我想，老莫的这些不仅仅来自他的才干，更与他一贯的为人处世是分不开的，因为他从来都是那么真诚，所以做人做事总是发自内心肺腑。即使他离开 SH 中多年，一回到这个地方，很多老师还是能感到老莫的那份亲切和真诚，故乐于与他亲近和交流。

我与老莫交情甚好，有时候做事难免会毫无顾忌。记得有一次老莫到我宿舍，不知当时为何，我竟拿出一叠大学奖状给老莫看，老莫边翻看边不吝赞叹。现在想想我非常懊悔自己的无知和浅薄。后来我知道老莫在大学就是个知名人物，当年湖南的电视台还报道过他的不畏艰难、积极进取的感人事迹，他是优秀大学生的楷模。大学是人生成长相当重要的阶段，它为我们今后的道路铺下了重要的基石。老莫从前是个优秀的大学生，现在更是一个优秀的青年教师。

老莫走时，我因事没能去送他，后来他家人告诉我老莫已走，很多朋友都去送别他。之后的某年，我泛游西江上，想起珠江口的朋友，写了首《没有一朵浪花是相同的》，被当时八班的同学笑传一时。其实，这首诗只是表达我对远方同饮一江水的朋友的思念之情。同在教书的岗位，同感教育的困惑，而老莫走得更深远，虽然艰难但始终选择坚持和前行，一个身怀教育理想和公民教育梦想的人，他就是老莫，我们的朋友。

两女子

单位也是一个小江湖，文人相轻，在所难免。有些人不喜欢学中文的人文绉绉，指为迂和酸，但你不得不佩服那些与文字打交道以及视文字如生命的中文人，更何况他们博览群书，才华横溢。有才情的人哪个没有点脾气，只有平平庸庸的人才总是那么表面心平气和假和善，要不就是修养很好或城府极深的人才能做到。这样说，并不代表下面要讲到的就一定是脾气古怪的人。她们其实是真性情的人，真性情的人，无论如何都是难能可贵的，因为她们有棱角，有爱憎，有追求，有人格。

D是我大学同学小黎的高中同学，当年小黎得知我们分在一个学校就开玩笑嘱咐我要好好照顾她云云，D她个性独立，能力强，哪需要别人照顾？如今提笔要写她，我竟一时不知从何写起。这些年，SH中走了好些人，铁打的营盘流水的兵，这也很正常，人生各有各的路，各有各的命。我写的这些人，首先是我跟他们有一定的交往和了解，不了解的绝不敢（多）写。可如今翻遍我的记忆库存，仔细回想，原来我竟然与她从来没有共教过同一个班，连同一个年级都没有。所以实际上我与 D 并没有太多的交往，现在要写她真的不知道从何处落笔，但这也不妨我对她的一些认识和了解，她也是我非常钦佩的人。

犹记得她离开这里去佛山过的第一个元旦新年，我一大早起来就收到她的祝福短信，虽然是一个简简单单的问候，我还是深感温馨愉悦，就像这新年第一天的朝阳般让人心头一亮，是那么美好和温暖。作为一起毕业的同年，作为来 SH 中工作的第一批年轻人，有些情感只有我们自己才能体会得到，也念念难忘。偶尔去她学校听课开会，虽未能去见见 D，但有时校园的宣传栏上就有她的讯息，她一如既往的有优异的表现和成绩。个性太强的人往往不会取巧逢迎投人所好，也就不那么受人喜欢，有时候，不平则鸣却被别人当作牢骚和计较，她一定要遇到对的伯乐。D 的价值，SH 中的人未必能够完全欣赏，她去了那边后，我听回来的评价正是"温润如玉"，关心她的朋友们听到此语应该非常欣慰了。

与 D 已多年没有联系了，似水流年，渐行渐远，直至模糊不清。但不知为何，如今感觉她还是走在灿烂阳光下，抱着两本书，文静的脸庞上还有点小调皮，这或许就是她留给我的印象吧，一个心地明亮的阳光女孩。

O 也是一个个性非常鲜明的人，且卓然独行，才情横溢。我与她更是没有太多交集，更感难写，但她们都是我敬佩的人。或许有人会在背后指她有点疯疯癫癫，其实那正是她的率真和真情流露。

她们的为人和故事，或许由她们的学生来写更好看，也更适宜。因为她们都是值得好好解读的人，她们有人格魅力，有品性，有故事，朝夕相处的学生或许更懂她们，也更爱她们。而我只是一个工作中的普通同事，仅凭我自己的眼睛视野所及有限，即使用心去感受也只是一己之见而已，这远远不够。

他们

阿泽说，当初一齐来的人，走的走，散的散，留下了已经步入中年的我们再次缅怀追忆，教人不胜唏嘘……

是啊，阿泽的话掷地有声——我们在乎的是曾经挥洒的青春热血！青春只有一次，但又有几个人真正敢说青春无悔？回忆那些年、那些老师，已接近尾声。我在乎的只是这些人，大大的一个"人"字。那些离开这里的人，不管是我们当年同时毕业来这里任教的年轻朋友们，还是陆陆续续在这里执教过的人，他们都有他们自己的故事，只是一时之下，我无法也不能全部一一写出。有些事，自有人去写；有些事，不写也罢。

细细数来，当年一起毕业来此任教的，从这里离开的已有好些人了。原谅我不能一一列出他们的名字，细说他们的故事。他们或许和你，和我一起努力工作过，挥洒过青春的汗水，一起体验过日常教书生活的喜怒哀乐，也一起经历过学校发展的各个阶段。秋去春来，花开又花落，几经沧桑，几度变迁。转眼，曾经青年教师的我们，如今都成了中年教师。

还有更多的人，先后来自各个地方，又再一次先后离去各个地方。人往高处走，他们都有自己的人生抉择。

那些年，还有一个不该被遗忘的群体——W 中的老师们，熟知学校历史的人都知道，W 中是 SH 中的前身。如今，W 中唯一的痕迹恐怕只是运动场边榕树下那几块当年 W 中的毕业生捐赠留下的长条石凳了。W 中的老师当年因为编制改变有些工作调动，也有些留了下来又再一次走了，在与他们相处的时间里，我都能感觉到他们大多为人真诚、实在、有人情味，如今我只能在这里念及他们，他们当中很多人的名字我都忘了。

现在回头去看，离开这里的老师无非有三种出路，一是考研，二是工作调动，三是转行。作为教师这种职业，他们大多离不了这些范围。不管如何，我都衷心地祝福他们，他们曾经和我们在一起，他们曾经是这里的老师。讲述 SH 中的历史和故事，离不开他们。

那些苍茫的日子

去年参加市里组织的统一改卷之时，偶识一个师弟。师弟现在在一所民办学校任教，在他看来，我在公办高中，工作和收入稳定，学生素质普遍也比民办的好些，言下之意，这样的工作让他很是羡慕。当时还跟他聊到大学母校和老师，听得出来，他自觉得工作不是很如意，甚至觉得自己没有什么出息，内心抱有惭愧。在这位小我好几岁的师弟身上，我仿佛看到了自己早年的一些影子，这不禁让我感慨：青年教师，你将走向何方？

如今的我，虽然从教十八年，不再是当年那个懵懂单纯的青年教师，对自己所从事的工作——教育和教学有了一些粗浅的认识，对工作所面对的对象——学生和家长也有了一点认知，甚至对所在的工作环境和同事——学校和教师也都有了一些了解，也有了多年工作所带来的一点不值得一提的所谓成绩和荣誉，但是偶尔回头去看看自己来时的路，还是会有一些触动和感叹。这么多年来，尤其是工作刚开始的几年作为青年教师的自己工作态度不是一味的积极，也不全是消极，日常平凡的日子走过的小路上，有各色小花，也有更多无名的小草，我觉得，这样的芜杂才是我们真正的人生。

前几年学校招聘老师，我有幸作为评委亲身围观试教面试全过程，十来个大学毕业生要经历一番尚算激烈的竞争淘汰，最后可获得教职的只有两位。望着他们青春朝气的脸庞，听到他们激动中夹杂着些许紧张的声调，作为旁观者的我，不禁有些感慨。想想自己，多少有点可惜，当年的我并不曾有这样的人生经历，自己其实也没有好好地去找过工作，其中曲折不足为外人道也。由于命运的安排，我来这所学校应聘，当年已是 6 月 1 日，之所以记得住这一天，当然是因为这个特殊的日子生动易记，但对于我不过是无奈甚至也有嘲讽。那一天，没有竞争淘汰，因为没有别的对手，过程很顺利，却也是不自由的，你别无选择，同时也是命运之神对我的特别眷顾——到了 6 月，哪里还会有工作好找？我把这个看作"缘"，有这份"缘"才有开始。已故国学大师、潮学巨匠饶宗颐老先生在回首其人生时，就用一个"缘"字，且解释为不可知的某种神力，饶先生早慧自幼即不觉孤独，常人看来高深枯燥的学术研究亦乐在其中，终成大师。而我自己是个庸人，命运不可知，亦唯有解释为"缘"了。

这是一所新学校，创业难，草创之初，了无传统，亦不必有什么传统。我们一直有这样的趣谈："一张白纸，可以绘制最美的图画。"其实那要看是谁在画，画技不高的只会"白白"糟蹋了这张最美的空白，实在也是一个悲剧。如此，对任何希望亦要抱审慎的乐观。我们高悬"实验"之帜，恕我直言，一开始就是有名无"实"，"实验"二字遍地开花，真真枉费了当年胡适之先生引进和极力倡导的"实验主义"精神和理念，虽然我们一开始就与此无关，无此精神，无此高度，无此行动。十多年过去了，人事有代谢，往来成古今。我还是最珍惜个人的记忆，其中有努力，有友情，亦有人生百味，如鱼饮水，冷暖自知。

由于当年招聘的毕业生有三四十位之多，学校就统一派车到高校来接我们。回想那一个阳光灿烂的夏天，一大群男女同学，拎着大小包裹，在学生宿舍楼前等候，浑身洋溢着青春和希望的气息。在这人生的重大关头，当时的我们或许还有几丝难以抑制的激动，却没有太多告别青春大学的哀愁。而我自己走过校园那一排排高大的白千层树时，已隐约自知——青春一去不复返。我早已把大四那一年的日记本题名为"我的大学"，以志青春心迹。

汽车开来时，我们看到车上已有好几位（后来知道是九位）同样青春的同学，我们都以为那是西区的同学。忙忙上车坐稳，大家既认识又不认识。说认识是因为我们都清楚大家要去 S 中学任教，说不认识是因为我们几乎都不知道对方的名字，先前也没有见过面。上了车我们才知道那先前已在车上的九位同学，是远来的湖南师大的同学，他们从火车站上的车。就这样，我们和这一批同龄人有缘千里相聚在珠三角的这座小城市，一起经历了初为教师生涯的点点滴滴，也一起见证了彼此的成长，包括这座学校的成长，这座小城日新月异的变迁。

那时候校门前的大路尚未修好，汽车从附近村子的后面那座低山下颠簸着，一高一低爬行，随着滚滚黄尘，终于开进了校园。旁边有座叫驿岗的小山，我后来在研究性学习课上组织学生统计过本地的地名，从地名学上得知"驿岗"二字之"驿"，恐从所处西通肇庆要道上得名，同时本身也是小山岗地形，乃至发现珠三角地名多"岗""洲"等名，三角洲平原固多河湖水泽，亦有不少低矮丘陵山岗，从一地之地名可知矣。学校当年选择此地，由一所初中改扩建而成，不知是出于何种考虑，然那三个大小湖池实是鱼塘，还有两座郁郁葱葱的小山丘，自然环境可谓绝佳，亦偏僻之极。当时学校周围道路未修通畅，横在面前的是有点"高度"的高速公路，真的是没有"出路"，师生出入极为不便，唯一可通外界的就是高速公路下的一个小桥洞，桥洞过去尚有横在鱼塘上的小木桥，木桥只容行人、单车或摩托车通过，走在上面不夸张地说还有点晃悠，至此我终于明白，搭载我们来的大车为何不走大路了。这样的"来历"和处境，是否正是我们以后多年内要面对的尴尬，冥冥中的一个表象，莫非早有征兆？这样的道路，与生活也太吻合了点吧。如此偏僻之壤，怕是惊退了不少有志者了。

城郊地带，治安是个问题。开头的几年，小偷把教师宿舍当作自家免费提款机已是家常便饭，尤在春节前盗贼手头比较紧时更是隔三岔五地光临，几次在深夜闯进女教师宿舍，我们的老师遭受夜半惊魂的骚扰，幸是有惊无险，财产损失而已。有一次半夜，不知是谁先大叫有贼，大家惊醒起来抓贼。我们男老师先后起来开门往外跑，因贼持菜刀且已上山才作罢。随后我们还与保安一起把校园搜了一遍而未得。几年后终于装了防盗网，情况才有所好转。过了几年，路也总算比较畅通了，据说也有民警巡逻，但仍有治安隐患，时有师生遭受人身财物安全的侵犯。当时的 H 副校长后来的工会主席，就曾警示大家注意安全，并好心告诫各位老师：若遇劫匪，千万不要反抗，不如拱手相让以保全性命为上策。H 校长一向言行严谨，做事认真，也颇为可爱，常在大会上出语新奇，"实话实说"，让大家会心觉妙，拍手称快。为人正统而直率的 H 校长已退休多年，这位名牌大学的早年毕业生把他一生的精力都献给了教育。

虽不是独在异乡为异客，但在这里，我们当然属于外地人，语言饮食人际交往皆成问题，而我自己还算好的了，我们这一群里，除本地人外亦多本省籍人，除了偶尔的思乡之情，总还习惯。而从湖南远来的那帮子人，恐是有一个逐渐适应的过程，由于我们同是住校，彼此交往渐多，最后我竟然跟他们"混"在了一起，吃香喝"辣"，尤其与老莫走得最近。时常在外面，人们常常把我们认成外省人。外地人是一个有点尴尬的角色，除非能融入当地，像雨滴入土即溶，最后被同化成本地人，当然，环境终会慢慢改变每一个人。

我们既为外地人，就注定要有一个适应的过程。也罢，几个单身汉，最后竟成一群，戏称"一群鸟"，后来我竟写成一首游戏之作，诗名曰《一群鸟》，可惜失之。这一群人中，除了我，他们都是从岳麓山修炼以后南飞的鸟，大鹏乎，为青春和理想乎，来寻找南国的一片天空乎？因为年轻，因为翅膀很"痒"，没有天空，意欲何为？只不过是天地和舞台有大小罢了。而我自号本地鸟，纯是名不副实，只能说是本省鸟，一只从粤东地区飞来的鸟，仅此而已。这一群鸟当中，老 C 已因病羽化先飞了，那年难抑内心悲痛，写了一首《生活将你遗失了——悼亡友》，其中一二段云：

六年前

正像大鸟一样飞翔

飞越烟波浩瀚的洞庭

飞越阻隔的南岭

——你来了

来找寻青春梦中的美丽南国

六年一梦

生活是那样不小心

将你遗失了

像一颗纽扣

轻——轻——遗——落

行文至此，唯有心香一炷，祷祝亡友在天国过得安好。

当年的一群年轻人，如今早已各有人生路了。除了我们这些一直留守的，老莫飞得更远，飞到了珠江口去眺望那苍茫浩瀚的大海。海洋文明从来都是开放博大的，海上没有路，却处处是路，不知老莫是否会飞得更高远？

其实除了我们这些刚毕业的，还有好些新来新识的年轻老师，吕老师是他们湖南同乡，有些时候自然交往更多。他们时称吕老师为"老大"，也只有他才能当得起老大哥了。吕老师买了辆新单车，我们五个人就跟着去买，六个人踩着新车，一字排开，颇有气势。那时候我们一帮人也不谙人情世故，时常在一位领导家蹭饭吃，从他在学校的旧宿舍一直吃到他的新房子，吃完，五六个人醉醺醺地并肩骑车，上小木桥，过桥洞，当年的日子正是这样恍恍惚惚过来的。今天回过头来看都有点惊讶。还有比我们大十来岁的胡老师，午饭后也时常给我们评时事，我们戏称为"老胡开讲"。老胡性直，多大胆直言，有时不逊，故易得失人情。迟一年来的何老师，思想敏锐，个性张扬，不苟且不妥协，妙笔生花，至今已有多本文集。我与何老师交往不算多，然无形之中颇受启发和教益。如今，诸师均已调走，往昔不复矣。而同来的那批人当中，有不少已或调走，或改行，真是人生各有选择，各有方向，选择即方向，选择不一样，人生得改变。

有了单车，行动更方便，活动范围扩大了，老莫和我骑车逛遍城区的大街小巷，西到旧城半江桥畔，渡江南下到乡郊农村，远地便只能坐公交车了。几年下来，我们的足迹几乎踏遍了这个地方所有的乡镇。这样，我们对这个地方便有了比较深入的认识和了解，有些方面很多本地人都未必有我们清楚。因为有好奇心和兴趣，我们甚至经常到图书馆查阅和借读图书文献，县志、年鉴就是那个时候看的。

但生活恐怕总是忧愁多于欢喜，彷徨多于顺境，尤其对于我们这些处于敏感年龄的青年教师、外地人。仔细检视当年的日记和偶尔写下的文字，多苦闷，蹉跎，迷惘。工作五年之时我写了一篇短文《五年的青春》，直言："我把青春丢失了，整整五年的青春，我不知何处去寻找。""眼看着路边的芒果树长得更高更大了，芒果花开了又谢，'树犹如此'，我的心默默地哀伤。这种感受不是想象，也不是来自书本，而是不经意间的一种生活的发觉，它是如此的真实。"这些文字里都有我彼时很多的焦虑和不安。后来耳闻目睹，包括自身的一些体会和改变，也警惕锐气的日渐消磨和庸常的职业惰性所带来的麻木，有感而发写了一首《青年教师，你丢失了什么》，发自内心的叩问——"青年教师，你丢失了什么／三年，五年，还是更多的／青春和梦想／你们丢失了什么？"

若说我和老莫算得上朋友的话，恐正是我们一起经历了这些徘徊和苦闷，且一起分享。我曾多次在海边眺望大海，总感觉海之深不可测，但海天辽阔，无比苍茫，人之渺小真如沧海一粟，此身何待？我也登上过皑皑雪山，高处不胜寒，山下四野茫茫，世俗生活尽收神山眼底。更常立西江北江之畔，看那苍茫的江水滔滔向南，不管是欢喜还是忧愁，裹挟而去，逝者如斯。逝水年华，诗人会"把名字写在水上"，我辈庸常，徒有苍茫而已。那早年有过的岁月，于我是苍茫的，愈到现在愈看得清楚，却无法轻易用"无悔"来形容。一晃十八年，这平凡的十八年，于我们自己都是切身的，不复再有的。教书十八年，误人子弟十八年。我的大学论文导师张老师在提及其人生经历时亦曾感叹"为师多有教训"，且说"微斯人，吾谁与归"。张师的话一语醒我，且一直激励着我。

去年网上有位青年教师写了一篇文章，大意是自己早年以教育名家李镇西为榜样，读遍其书籍文章，处处模仿其做法，可谓好学上进，到最后却发现自己难以成为李镇西那样的名师，便开始重新审视和批判否定李镇西的教育理念，进而痛批乃至偏激嘲讽当下所有的名师名家名不副实，始于崇拜终于决裂，这不禁让人唏嘘不已。不是我事后诸葛，我个人觉得这已有矫枉过正之嫌。若不是这位青年教师当初一心急于求名，想成名成家，何来一味地盲目效仿名家，最后"理想"破灭人生有幻灭之感？对于这些众声喧哗，除了早年的苦闷和彷徨，我自己从来就看得比较淡，并不是自己特立独行或标新立异，实际的想法是，我认为无所谓名师不名师，对自己有教益的不是名师亦是名师，倘若没有什么真切的触动和帮助，亦名师只是名师，我自是我而已，一切无何相关。

若说走过了一段属于自己的苍茫日子，能得一点什么教训或启发的话，我倒觉得，作为从教者，走好自己的路，做自己就好了，青年教师亦然。大环境虽难免急功近利和以成败（成绩业绩的高低）论人，愈是如此，自己愈不妨看淡一些，这说来容易，要做却大不易。其实，教师这职业从来不可能富贵尊荣，成名成家者亦只是少数，何必削尖脑袋往里面钻？其他如不安分于好好教书，而把工作当作仕途来走，企求升官发财之流更是非我辈所能的。这也不是什么消极和不思进取，人各有志罢了。大家都说教书是良心活，那就用心做好自己就好了。其实，做好自己绝非易事，其中深意值得深思。于我自己而言，现在教书尚能安身立命，少点功利故安于现状，是因为这份工作还能让我思索、阅读、写作，这是日常工作之上的自由，与学生为友，陪伴他们学习和成长，自乐其中，想想这也就很足够了。

我的大学同学

以下文字主要是在大学毕业前夕写在日记本里的，时间在3月、4月，现只将个别处文字略作修改，大多隐去姓名，算是对那段大学时光的纪念。

S 君

S君给人的印象首先便是：他是一个认真学习的循规蹈矩之人，在家或许是个乖孩子。

S君个子不高，但身体结实，是足球队的主力。

S君学习专心，成绩当然是很优秀的。英语也过了六级，记得曾见过他翻读的英语单词手册，上面密密麻麻布满各式各样的笔记符号，由此可见其读书之刻苦，所花时间和精力非在大学里"混日子"的普通同学所可及的。所以他总是排前三名，年年都拿奖学金。不过S君于综合测评的态度是淡泊的，从不强力争之，不像有些人为名利而做出格之事。S君的测评好，名次前，全在于其成绩特别好，所谓纯度高、真材实料，故为大家所认可，从无争议。

依 S 君之淡泊自安之性格，他也不愿做学生干部，在老师眼里有一点"消极"，也不入党。但据我所知，S 君是很关注这个大集体的。沉默不等于不思考、无主见。一次在关于讨论集体的级会上，S 君被辅导员点名发言，S 君只寥寥几句，大意是为这种散漫的集体而"感到失望"，说出了大部分人的心声。而凡事找到他，他也会尽其力为之，比如级刊的编辑、毕业通讯录的完成，做事也总是认真的，一如他的学习。

S 君还有一个爱好是弹吉他，不但弹得好且会自己谱曲填词。班上有位女生在级刊上发表过诗《吉他之夜》，想来应是 S 君为她们到女生楼下而弹奏的。曲声音调轻盈、浪漫，还夹着丝许忧伤，很是动听。记得有一段时间我常深夜在公共澡房里借着灯光看书，一次就碰上 S 君在那里弹唱。歌琴声在我耳边悠扬飘荡，自然我与 S 君搭上了话。其时我身为学生干部颇感工作难做，S 君谈了对我的看法：魄力不大但欣赏我认真负责的精神。前一句是事实，后一句令我感动和慰藉。他亦告诉我，之所以他不愿当学生干部实是性情使然。

此外，S 君文章也写得好，沉稳、真情实感，一如其为人。唯一的我个人认为不够好的是他嗜烟，且瘾大，或许这也算不得什么。

梁君

说到梁君，我总会想起一个人：梁漱溟。当然这并无直接关系，虽然梁君亦姓梁，但梁漱溟是广西人，梁君是广东粤西人，想来二人未必就有直接关系。不过我想的却是梁漱溟的铮铮形象，作为一个真正知识文化人的形象。在我看来，梁君正是这样的人。

梁君虽文采好，却出身于理科。他说喜好物理却读不成，读了地理。读地理同样是我们很多人的偶然，这也是一个事实。用梁漱溟来比拟梁君，或许是过誉了，但我仍乐于这样去看待，熟知前梁的人也就大概可知后梁了。但梁君也有其独特之处。

梁君自然是善写文章的，且文风独特，一如其人嫉恶如仇，对丑陋的现象常予以辛辣讽刺，自然也不屑于同流合污了。其曾作《新人与死人》一文，风格品位高远，颇有鲁迅之风。虽偶尔在校报上可见其文章，但也并不常见，大概读书和沉思的时候居多。说其读书思考并不假，一旦有感而发便思如泉涌，有例可证。有一次好像是全国高校大学生征文，梁君反驳彼时"广东文化沙漠"之论调，洋洋洒洒几十页，可有几万文，后来据说还获了奖。惜乎自己无缘一睹，但念及梁君一贯之风格，必是真情实感、有感而发的佳作。梁君长于为文也是老远的事，据说其中学时文章就常获奖。

无疑，之所以好文，与其好读书、会思考、有主见是分不开的，梁君喜读书，尤好哲学思想著作。他曾云喜好苏格拉底，至于喜其什么，大概是其人其文皆有之吧。梁君虽读厚厚的"大部头"，也看报纸、杂志，关心时事，若碰上哪儿有看的，他便一坐，猫在那里安静地看起来。我常暗自惊叹其专注和安心，而这我却远远做不到，令我汗颜和惭愧。

梁君还有一大特长，便是书法极好，毛笔字在全级当是首屈一指的，钢笔字也了不得。或许什么事情都会烙上一个人的性情之印，其字也如此。我不懂书法，不能也不敢妄而议之，但有一点是可以肯定的，那就是写得非常好，不媚俗。字写得好，无疑是宣传之才。梁君当过系宣传部部长，故其负责的板报总能获奖。但后来不知为什么，不再当部长，想来是性格所致。唯有此性格，后有此行为，方有此令人钦佩之品格！

梁君亦好篆刻，曾为我刻一藏书章。我虽不懂欣赏，然凭常人眼光，此字当是不错的。只是后来我自认为藏书名过于张扬，慢慢便弃而不用了。

此外，梁君亦会摄影，所拍一些风景一如其文，不俗且佳。作文、书法、篆刻、摄影均为艺术领域之葩，大凡富有艺术天赋之人，品格不俗，当然是忠爱和长于艺术的。梁君即是一位这样的人。

老补

老补不老，年方二十四而已，是我多年的舍友，这样称谓也不过是说习惯罢了。老补，四川遂宁人，其常云："遂宁，川中明珠。"补姓想来属于少数，故人瞩而易记。

老补能与大多数同学"混"得好，想来与其性格有关，当然其中深交浅交，只有他自己清楚。其性格乐观、幽默，甚至有点玩世不恭的意味。但据我所知，老补身为农民的孩子，其品性想来受泥土之质影响颇大，可谓内心淳朴、真挚、踏实，也务实处世。虽有农家品质，但并不土，可能有所交有所见故识见不窄。他也不轻易评议别人的是非长短，凡议皆有理有节，知轻重，识大体，这也是成熟的表现。老补身为补家长子，显而可知。

老补有乐天幽默风格，特别是其语言，常逗人发笑，亦有自嘲。像一些口语曾先后流行起来，如受不了、猛（爽）一把、过干瘾，尤在那出于其口的独特声调，绘声绘色，为饭后茶余之谈资，使呆板的宿舍生活有了点生气。

但或许大学生活有些枯燥无味，令人乏味，老补同许多人一样，流于平常，只求过得去。成绩只求"过得去"，为了拿个学位图个工作什么的，读书并不那么用功，由此日子倒过得松懈、散漫、自由，尤其到了大二以后。三五成群的同学是开"拖拉机"营生的，甚至有什么"拖协"。此类自由玩耍的现象，在当今高校或许也是见惯不怪的。其实，诸如此类的东西占据了大学生的正常生活，使大家不能安心下来做学问，风气不好，这首先要怪我们自己缺乏自制力、自觉性，其次学校也难辞其咎吧？老补就是这样，常"开拖"，所谓"过干瘾"，这也不必为其讳忌。老补虽然与其他人一样沉湎于玩乐，乐不思学，但其与人交往时又能不失本性的上进。看来，早年养成的品性往往是持久而难以动摇的，所谓能上能下，他也自云"能俗能雅"。

其实，我们很多人一开始对大学充满憧憬也充满希望，甚至连脏话都不太好意思说，然大学也是一座大熔炉，众人在里面熔化、同化、炼化……四年过后，出炉了，咱们自己瞧瞧自己是什么样子？

Z君

其人如其名，具体一点是性格。首先记得的是他钢铁般洪亮的声音，系运动会走方队他就曾带领大家喊口号。

Z君，湖北人，人云："天上九头鸟，地上湖北佬。"这一戏称，不管是否含有讥讽或别的成分，我都觉得不甚妥当。而中国的国情就是这样，各地方还是各地方，怎样连接而团聚在一起呢？影响作用是相互的，就像有些广东人瞧不起外省人，称呼其人时语带贬义，而外省人也瞧不起广东人，在晚会上就挖苦讽刺甚至丑化广东人。呜呼哀哉！说湖北人是"九头鸟"，是看低人抑或是抬举人？不可知。只记得有"九头鸟"丛书专门出版湖北作家的书，而一作家就以此为荣，明眼人知道是骨头里有傲气，故亦不可亲近，实不可取也。

Z君说到底是心地善良耿直之人，多少又有湖北人的内质表现，那就是敢于吃苦打拼，不服输。表现在日常生活中，就是不轻易服人；在学习上，便是刻苦，敢于拼命；自信有时表现为自负。靠着这种精神，Z君早早地过了英语六级，苦读后也终于考上研究生。其实，笔者最佩服的正是他这种精神。

与人交往，Z君严守规则，虽少热心助人，却也从不损人利己，只是严守平等互利的游戏规则。你可以评头论足，指点是非，他仍是我行我素地抱守认定的规则，谁人也奈何不了。他实是活得真性情，不虚伪，不假惺惺。但一头扎入学问，便散发着惊人的毅力和不屈不挠的刻苦精神。这正是其精神内核，或许正适合做个研究生吧。

Z君还有一点便是心直口直，毫不忌讳，且少有不坚持己见的。这正是个性使然。正因如此，故不存害人之念，不存谋利损人之念。正因如此，他在爱情观上往往是一问到底，非常直白，少有考虑对方想法，故往往吓跑不少女生。但想来，此种直白也坦诚得可爱，不过世上之事岂都是如此简单的？这也是人生的一种无奈。

G 君

我与G君算是走得较近，但老置身不了局外，故难写，只能凭感觉来写。

G君，四川邛崃市人，是个地道的四川盆地上长大的人。G

君自云，父亲是石匠，还有一个小弟，家在农村，想来跟我一样家境不是很富裕的。他平常也是少有奢侈与挥霍的，应该说从来没有。其为人也厚道、实在，不轻易吹夸，亦常是一稳重之态，有点像老实巴交的农民，但却戴着一副深度眼镜，实是青年知识分子。

所以 G 君在学习上非常努力踏实，成绩当然不错，但英语令其头痛，后终是过了四级这道难关，靠的就是勤奋。平时别人难得到课室去自修学习，他却几乎每个晚上都去温习各科笔记，书本也读得透彻，此种精神为人赞叹。G 君专业学得扎实，对专业也有研究的兴趣。记得大一时，我曾邀其一起到学校后面的鸡笼岗去做地质课的野外调查，他欣然同往，背着个书包一起捡回了不少岩石标本，还有云母片，我们当时皆捧为宝贝，洗干净后在宿舍栏杆一字摆开，当是收获不少。

G 君是不大言笑的，后来在大家的影响下也逐渐开朗起来。那个时候我跟 G 君走得很近，下午放学，我还与 G 君经常在校园长跑。

G 君也曾向同班一位女生表白过，但人家不接受，各花入各眼，他也就放弃了这可能在大学里唯一的一次恋爱。

小黎

小黎不比我年纪小，还大我十几天，况且身高有一米七多吧，只因叫习惯罢了，但也管不了那么多，叫惯了，也亲切，一直叫到现在。

之所以叫小黎，另一方面在我看来也因他还保持着小孩子的活泼脾性与认真的态度。

小黎生长在韶关，然籍贯是广西。

小黎是独子，却很是懂事，体贴父母。生活花费不敢过于奢侈浪费，故也很节俭。

其读书也用功，成绩也不差，在那个尚未流行考各种证书的年代，他考过了计算机考试。

我与小黎交往还算是多的，较多的是坐同桌一起上课，偶尔也一起吃饭喝酒，走得较近，然不敢说很了解，可能是走不出局外来的缘故吧。权且小记一点，方对得住老友。

清晨的散步

这一天早早地，在饭堂吃过早餐，由于上午无课，我便戴上口罩，在校园里漫无目的地进行一个人的清晨散步。

从饭堂出来，在大门口便可以闻到一股刺鼻的消毒水的味道，那是饭堂阿姨对学生饭堂进行早餐后的清洁消毒。我穿过高三教学楼后面那块草坪，拾级而上，走过高处那座小亭子，又沿台阶而下，能看得见课室里孩子们戴着口罩在上早读课，今天是返校正式上课的第一天啊。路边的紫荆树花开仍艳，草地、路面上，落满粉红花瓣，想来落英缤纷不过如此。

后山旁的心湖，一如既往的那样宁静，我驻足树下湖边，看着淡淡晨曦和着天上云倒映在水面，变幻出凌乱炫目的色彩。湖边高大浓密的绿树倒影，隐隐的山影，水面的光亮，远处的图书馆，共这一湖朝霞，是这清晨校园一景。一些黑色的大小鱼儿在水里，静静地游来游去，偶尔泛起小小的涟漪，轻轻往湖面四周荡开去。往年的这个时候，心湖早是荷叶田田，甚至已露尖尖角了。不过，据说这两年，由于鱼儿大量繁殖，刚冒出的莲叶早早被啃吃一光，所以这几年荷塘之景早已不再。加上今春疫情的影响，更何来荷塘栽种之事了。我站在岸边，看得出神。忽然觉得，一个地方待久了，熟稔了，你便对它有了一些或深或浅的情感，就如眼前这普普通通的湖水，深深浅浅，或许你并不熟知，但它却一直都在你身边，闯进你的视野里。或许，当某一天你最终离开的时候，它也许还会进到你的梦里，记忆的深处。

沿着湖边，我看见了两株高大的菠萝蜜，树干上长出了几只精致的小菠萝蜜，很是可爱。常常在上课的时候都会以此为例，好让同学们理解热量条件对植物（水果）的影响，最典型的当然是那句"橘生淮南则为橘，橘生淮北则为枳"，不过这例子都被举滥了，身边的这菠萝蜜现象倒是很新鲜、很好理解。由于热量不足，原本生长在热带的菠萝蜜虽然在我们亚热带地区也能生长，只是永远长不大、长不熟，这些外在的气候条件是人力无法改变的。人力于大自然面前有时又何其弱小、无奈，怎不教人要学会懂得谦卑和敬畏？这个漫长的假期，花木欠缺园丁的打理，路边的树桩竟然长出了木耳，然后干枯成黑木耳了，如今在树桩中间的腐烂处还冒出了白蘑菇，不知有毒没毒。

不知不觉就这样走到了图书馆。意料之中的事，馆门紧闭，异常安静，但这里却是我平时最喜欢来的地方。湖边那三株高大的白玉兰，隔着口罩也闻得到那阵阵熟悉的幽香，现在也正是花期之时。有些人不喜欢白玉兰，嫌它香气过于浓郁至呛鼻。而玉兰花是我儿时最熟悉的少数花树之一，故此一直对它有一种难言的特别的喜欢。我在树下立了一会儿，从草地上捡起几瓣新落的花瓣，举近鼻前轻轻一嗅，那熟悉的永远不变的香气啊，隔着口罩变成了暗香。清晨的校园远近不多见人，我心里骂了自己一声蠢，把口罩摘了，再嗅一嗅这熟悉的玉兰花香，顿时心旷神怡，对，心旷神怡。再仔细一看，平时竟没多大留意树上挂着一个牌子，上写着：白兰，木兰科，含笑属。含笑，是的，我每次来都会在树下草地捡几瓣玉兰，放在办公室桌前，甚至夹在书中，工作或看书时，我会偶尔拈来一嗅，心里会有丝丝愉悦。我之对白玉兰，在别人看来可能是一种可笑的怪癖，于我自己却是一种深藏的不足为人道的少年情怀啊。

我手拈这几瓣玉兰，夹着余香，继续走着寂静的林荫小径。那路的两边已换成也正处花期的杜英树，那串串小铃铛似的花，倒着开，如此低调，满树满树地藏在叶片下，却又香气袭人，令我惊讶。这算是人们调侃的低调的奢华了吗？

图书馆的后面是一个不大起眼的小湖。湖边的台阶，也落满了厚厚的枯叶，飘满了一层不薄的诸如蒲桃树的花蕊、花瓣。看得出来，这里很久以来都是人迹罕至的地方，湖边的大树枝叶低垂都亲近到湖面去了。谁会来这里呢？也没有专人打扫过。不过，这个样子恰是我非常喜欢的，因为这个阶梯的湖边，多年前是住校的我们常来捉虾的地方，一晃十多年了。我静静地看了一会儿，希望找着水中的小虾，虾没有见到，倒是看见了几尾黑色的鱼儿，也许是鲫鱼，或是罗非鱼，摆来摆去，悠闲自在。

前面再走就是生物园了。以前这里是一些顽皮的孩子违规偷偷拿外卖的地方，现在也是如此的静谧，眼前尽是郁郁葱葱的植物。园里面种植的各种花草树木，数柠檬树我最喜欢，有时候来到这里，我甚至会摘一两片柠檬叶去夹书，如果撕破一角，叶子也会散发柠檬特有的清香。如果柠檬结了果实，有时实在忍不住也会偷偷摘一个回办公室，不是拿来泡水，而是摆在桌前，心情也会大好。不过，或许时常来摘，柠檬树也有了意见，有时候就会用它满身的针刺刺一刺我，教我愧疚。

生物园据说以前还养过一些什么动物，比如兔子什么的，后来因非典、禽流感等就再也没有饲养过了。所以生物园早就变成了名副其实的植物园了。不过也不对，校园环境绝佳，除了花木，最多的应该是鸟类了。此时，我正看见一尾不知什么鸟，尾羽有点长，在树上一点一点的，是为了站得平衡吧，还啁啾个不停，引我抬头看它。可正待我拿出手机要拍照时，它却轻轻一跃，飞到更远处的树上，再一看，它啾地一声不见了。我只得悻悻地继续走，忽然，不知哪棵树上的好几只小鸟一阵叽喳声飞到实验楼旁的几棵树梢上，叽叽喳喳，好不闹腾。我回头望去，只见一只还在高高的枯枝上，无遮无挡，以晴空为背景，引我给它照了一张倩影，虽然手机的像素不太高，有点模糊。

此时的我因散步，一路走，一路心情舒畅。我走到了办公楼前的大广场，校工开着他那辆扫地车，正忙着来回清扫落叶呢。而广场一侧，那两棵榆树早已是郁郁葱葱，亭亭如盖，煞是好看，想想，现在毕竟已是暮春了啊。而今天，却只是我们返校复学刚刚开始的第一天，虽然经过了昨天一天的忙乱，今天一切都仿佛走上了正轨，秩序井然。此时此刻，孩子们正在课室开始上着清晨的第一节课。

4月底了，我们终于赶上了春天的末班车。庚子年这个春天虽然有点萧瑟，但毕竟春天已经来到。就像之前我在一节线上主题班会课上写给孩子们的几句小诗——春天走了又来/那是因为，希望/一直都在//孩子，春天的风雨/有何惧怕/你们的青春年华/早已写在春天里！是啊，孩子，坐稳扶好了，从现在开始，我们没有迟疑了，我们将开往火热而充满期待的6月、7月。7月，归去，定将是果实累累的盛夏！

永远的八班

　　起这样一个名字，对于我来说，显然太过高调张扬了。但是现在的我就是想写一篇这样的文字，我印象中、我心中永远的八班。只是，我也在想写这样的文章有什么意义，它当然不是往事的忠实记录，也不是经验教训的总结，既没有优美文字和华丽辞藻值得一读，更不可能有什么高明远见宏图大论以裨益他人。没有风花雪月，没有动人诗篇，没有八卦秘史，也没有可歌可泣的故事，它极有可能什么都不是，就连你们五十九个人，作为亲身经历者都可能觉得没有什么多大意思，况且，现在的我还在追读《追忆似水年华》的中途，难免也学着絮絮叨叨，也许还有些老气横秋，不胜烦琐，不识时务，往事重提就显得过时陈旧了。所以我内心一直在追问自己此事的意义和无意义，抑或还有小题大做，为自己歌功颂德之嫌？但这些都不重要了，我既过了争强好胜的阶段，也没了早年妄图摆脱内心自卑的想法，虽然还没有到达一个更高远的境地，但自认现在有了更多的一些从容。从此出发，也许写这篇文字是必然的，因为它对我个人有意义，它曾经是我真实而真诚生活的一部分，现在早已一去不复返，所以有这样一个小小的回望，虽然仅仅是一个回望。而此后，路，生活的路，教书的路，不出意外要照常走下去，只是已然与从前不一样了，你们是不一样的你们，我也是不一样的自己了。

开始敲打这篇文字的此时，我特意选在我们高二八班的课室，因为我们的所有是在这里开始的。这个课室现在当然不再属于我们这个班了，但它还在，还挂着班牌——仍然叫八班。还记得吗，这个课室我当时第一节课故作姿态从区位的角度跟大家分析它的好——打水方便、上下楼方便、上厕所方便、倒垃圾方便，兼得其好而避其害，如今想想不禁莞尔一笑，其实无论身处何地每一回我都总能硬是找一些好处来说，倒也不是刻意欺骗大家，是因为什么样的地方不是最重要的，爱读书什么外在环境都不太重要，重要的是我们这个班集体，我们这些人，自信、团结、和谐、温情，有句话说人是最美的风景。记得今年新学期开始的时候曾有同学问我，班上是否还有我们曾经留下的明显痕迹，我仔细地观察良久——已经没有了，学校大兴土木，连办公楼教学楼的各个角落都重新粉饰一新，已经很难有旧年太多的痕迹了，只有后墙门上还有我们曾经练毛笔字时不小心泼洒的墨迹，当然书桌还在，课室还在，只是人不是那些人，岁月不是那些岁月。其实也无须伤感，一句滥俗的话，因为我们曾经拥有，我们曾经来过。

如果我们还感念这个班，心里还有这个班，有些情景就还历历在目，铭记在心，对于我来说，是因为冥冥中的一种缘分，也因为在对的时间、对的地方，遇到对的人，说得怎么感觉就像谈恋爱，也许正是有这样一种相似的心境在那里，因此，我们大家懂得相互珍惜，相互爱护，一直是爱着八班这个大家庭的。我不是没有做过班主任，之前做过，以后也还会继续做，但要在对的时间，以前太年轻气盛，以后又会太过老气横秋。说实话，我以后真的再也不会像跟你们在一起那样去做我的班主任工作，再也不会了，并不是说我的工作做得有多么好，不是的，而是我也会变，我说过在这两年里我也跟你们一样在成长。我也曾说过我跟你们之间的关系，你们就像是介于我的孩子和朋友之间，就像是自己人。这是实话，以后我有了自己的孩子，还怎么可能这样全身心地对待我的学生呢？我没有别人那么伟大，说什么呕心沥血无私忘我地献身教育事业，我的爱将分给我的孩子、我的家庭啊。你们毕业离开后，我并没有像往届一样有彻底解脱之感，反而有好长一段时间不能重新适应我的生活，总是在关注，渴望多了解一些大家的讯息，总感觉我们还是一个班集体、一个大家庭。这样说好像有点夸张，别人还会认为我有什么毛病或是煽情，但这是事实，以至家里人都有意见说我怎么变得这么喜欢上网都快变成"QQ精"了。他们不知道，我比以前更加依恋网络，我是常在网上，常去班级 QQ 群，看看大家还讲些什么话题，有些什么动态，长期以来习惯了跟大家朝夕相处在一起，总感觉现在自己还有个八班似的，虽然你们早已离开这里各奔东西去了。八班对于我，是永远存在的，它永远珍藏在心里，因为我没有信心还有缘分遇上这样的班——教好这样的班，珍惜这样的班，我们一起度过了很多美好时光，有那么多的欢笑也有许多泪水——即使有，那也是不一样的，就像"狮子山下"一样，这样的重逢是永远不会再有的，"没有一朵浪花是相同的"这种灵感也是永不再来的了，我们说到这样的字眼，外人永不会明白，只有我们八班人懂得。这些都是我们的秘密、我们记忆的片段、欢声笑语的青春，当然，青春的主角是你们，而不是我。

而如今，要让我回望跟大家从高二一起走来的路，我竟不知从何说起。或许，这所有的点点滴滴可以从我们的班级日志里找到一些，高二那本《青春履痕》有我们欢笑的点滴片段，那本《一起走过高三》则承载了更多的沉重，是我们高三一起努力奋斗的见证，我们挥洒过自己的泪水和汗水。更多的记忆还可以从我们拍的相片和视频里找回，那些班级活动包括校运会，还记得吗，高二时候校运会我们竟然是年级总分第二名文科第一名，女生们太厉害了，怎么能不赞一个呢？还记得吗，你们自己组织开展的那些班级活动，虽然主要是利用班会课举行的，场地和时间都有限，但无不是充满青春应有的欢声笑语。以宿舍为单位的才艺展示活动连续搞了两三个星期，小组的诗歌朗诵和歌曲合唱很有团结的力量，一些男歌手、女歌手也涌现出来了。你们还记得吗，男生们毫无准备仓促上阵以合唱国歌而羞答答结束，靖雯她们宿舍有备而来陶醉着合唱了好长一段时间，启辉、智杰他们的演唱多少为男生争回了一些面子，嘉慧、敏妍的对唱让活动 High 了起来到达高潮。在这个过程中，由于相机最后没电，我没能及时记录下斯敏、嘉欣、欣仪她们宿舍的表演，没有抓拍一张相片，更加没有视频，以至高三在回放这些的时候不得不有缺失和遗憾，这让我歉疚抱恨至今，借此仍然要向她们 107 宿舍的姑娘们致歉。

我们在走廊的花槽里撒播的向日葵，看着它们在春天里一天一天发芽长大、开花结果，还有同学想着吃葵花籽呢，由此一发不可收，我们征得年级同意，把临近的二楼那一排花坛分给各小组利用整节班会课一起动手松土浇水，种上各自喜欢的种子、花草，最看不到希望的男生组最后竟然真的发芽开出了朵朵牵牛花来……真是一分耕耘一分收获，我们体验到最基本、最真切的喜悦，那正是对自然的喜悦，对生命的喜悦。还记得吗，你们自己画的自画像，我这里至今还存着一本复印件呢。更多的是，我们一起看了很多好看的视频，青春版的《牡丹亭》虽然只看了"闺塾"那一段，但那也是很好玩的一段，还有相声，还有话剧《暗恋桃花源》，中国山水动画片，当然，最多的还是各国的电影，包括印度、法国、伊朗、意大利等，记得看完《黑帮大佬和平梦》，嘉慧、碧莹她们还时不时学着女主角在嚷嚷"Good morning, Mumbai！"，让人觉得好好笑。我们用班会课放电影的做法一直延续到了忙碌的高三，有些电影我也记不起名字了，但其实我仍嫌时间不够用，因为还有一些好电影、好视频没有来得及跟大家分享。

班会课拿来干这些事情，现在认真想想，我好像都没有好好上过一节完整的班会课，以对班主任的要求来看，自己恐怕是不及格的，但其实是因为我也深知，我们的同学哪用得着经常唠叨啊，很多道理你们是一点就明的，何须总在所谓的班会课上指手画脚一味地说教？现在的我们不是懂得太少，而是被枯燥乏味的应试读书逼得没有时间思考和没有情感的空间来感受美好的东西，不是吗？教育为何要跟那些美好的东西包括好的文学、电影、音乐、戏曲等艺术隔离啊。过来人都知道，很多时候对自己影响最大的往往不是书本上学的，而是来自自己喜欢的课外书和课外知识。我们总是花了太多时间在一些无谓的东西上面。虽然总在班会课上不干"正事"，但我也知道你们是真心地喜欢，大家对我以及对我的班会课的满意率也一直是百分百，这件事让我窃喜也让我很受鼓舞和启发。其实不仅仅是对我，对我们八班的其他老师，你们也是很包容的，凡事多从自己身上反省，懂得感激，不挑剔不苛求，给予科任老师的评价也大多是百分百满意，这也是你们懂事明理会做人的表现。虽然从这里毕业离开了，但仍有同学记得我们班后面的标语——"青春有为，人生无悔"，也还有同学会提到我们高二时候的那句"文质彬彬，然后君子"，其实，班级标语作为倡导的班级精神到底有多少的影响，我心里是一点底都没有的，只不过教育作为理想的追求，虽不能至，心向往之，所以我也不能免俗，也会弄一些标语口号来装饰门面。大家往往记得课室后面的标语，可能不大记得在我们课室前面贴了两年的那几个大字——勤、朴、仁、勇，我也很少提及这几个字，其实它也是我曾经母校的校训，我只是静静地把它们拿出来，怎么可能要求你们做到呢，我自己都没有完全做到，有些道理不须别人多讲，顺其自然，顺从我们自己的天性，做好自己，终是能够心安理得，"不愧于人，不畏于天"。

如果说高二可以用快乐来概括，那么高三就是懂得。高三，我们来了。高三，也先后来了三位新同学——清新文雅的泳欣，大大咧咧的嘉仪，地理数学很好但懒懒的却热心帮人偷偷外带早餐的浩亮，我们更是一个大家庭了。尽管高三非常忙，我们还是尽可能地充分利用班会课时间来做我们喜欢做的事。还记得吗，嘉慧给大家带来的感恩课，很多同学都哭了，那是因为触及了内心最柔软的深处，我看在眼里，感动于心。靖雯和利云她们精心组织的集体活动，课室里闹翻了天，笑声掌声拍桌声不断，大家压抑已久的激情得以暂时释放。当然，还有一如既往好看的电影，高三，我们也陆续看了好几部电影。不过，高三就是高三，高三将是一个无可回避的转折点，高三有高考，有苦有累，找们忙碌着，彷徨着，甚至疲惫着，曾经做着美好的大学梦，也曾挣扎过失望过痛苦过，也曾迎着灿烂阳光走过，也曾顶着凛冽风雨黯然神伤，无论如何，毕竟我们一起顺利地走过了高三那一年，走过那一年的风风雨雨，还有波澜不惊。走过了，就好，因为你们的未来在明天。对于我来说，是所谓的"再过十二年"，而你们，还有很多个十二年，你们的人生才是永不停步，永远向前，尽管前面的路一样还有风雨阳光。我祝福你们！

高三的我们好像有了更多的磨合，但也有了更多的懂得，因此我们的高三生活富有更多不一样的色彩。这一部分原因也在我身上，比如那一次运动会关于班服与球服之争，因为我的不恰当介入和言语，让你们之间波澜再起，增添了分歧和纠纷，让一些同学很受伤，也让很多真心爱护这个集体的同学心里很是难过和担忧，不过后来还是得以妥善解决。校运会上，我们一样还是那样团结拼搏，那样开心欢喜，这不是我们自己说的，入场式我们还是第一名，名次不重要，重要的是我们齐心协力同做一件事，共同经历，共同见证。这场风波过后，我也在反省自身，有了更多一些领悟。更让我欣慰的是，当晚晚修后有位当事的同学给我发了条长长的短信，真诚地坦露心声，既有自省，又有对我的看法，更有对我的理解和肯定，让我感动不已，我更加感到有这样的同学，有这样的你们，我为大家所做的任何付出都是值得的。但是高三的我有时候也会变得不那么从容，不那么可亲，甚至面目可憎，请原谅这样的我，其实也是因为我是过来人，而你们又是自家人，在高考应试这样的挑战面前，没有努力就没有收获。当我一再听到有些老师在我面前对大家的种种批评，一再看到有些同学表现出来的慵懒松散，我就不得不焦急烦躁，我甚至在课堂上狠狠地把我的水杯摔到地上，当时一定把大家吓呆了，你们脸上的表情告知了我。其实我的心里也是苦不堪言，既后悔又无奈，我没有想到会到这一地步，也不知道那段时间自己后来是怎么过的。后来那一次你们送我生日礼物，除了甜美的蛋糕、真心的祝福，还有一个全新的哈尔斯保温杯，我没有想到原来你们还一直惦记着我摔扁了的水杯，我的科代表绮珊代表大家在杯子的包装盒上写着：哈你"师"，你懂的！哈哈。看后，我莞尔一笑，这就是懂得，我内心再一次为之深深感动。说这些感动是刻骨铭心的，也许稍显夸张，但也正是有这样的你们，有这样的班集体，我始终还跟大家在一起，直走到最后。也许还有同学记得我有时候会过度强调真善美，人与人之间不能离了这些，正是因为追求和标榜这样的价值观，我们愈发懂得，即便彼时有争吵，有误解，甚至埋怨记恨，都不重要，只要是真诚的，善良的，追求美好的，这些才是最重要的。所以毋庸忌讳，尽管国佳当时顶撞过我，我也斥责过他，但其实也不影响我客观看待国佳，在我眼里，他就是这样一个性情率真的人，直来直去，有主见，轻易不为人所动，还有些倔强。这样的人其实与以前的我倒也有几分相像啊。尽管我当时也曾几次跟他谈过心，但未必能够真正帮到他，而如今，既往矣，往事如风，唯有真心地祝福他。跟大家在一起，我跟你们之间，你们相互之间，或许有一些不同的想法，但只要心地坦荡，沟通好了，就像霭欣说的，只要结果是欢笑的，无论过程有多少艰难和泪水都没有关系。现在回头去看，我们何尝不是这样的呢？

高三一路走来，其实我也收获了很多，因为一直都有你们带给我的感动，直到现在。不管是小小的纸条，还是悄悄发来的短信，不管是QQ里简短的祝福，还是那日志本上殷勤的言语，无论是那长长的书信，还是那一张张明信片，无论是当面的问候，还是背后默默地关注，无论是开心的欢笑，还是悲伤的泪水，我都感受到了你们的关心、你们的爱护，谢谢你们！有八班，有你们，人生真好！

我曾想过，我们有没有遗憾呢，如果说有那就是高考，但其实高考又存在很多的偶然性，有时候也要看运气，一考定终身这很残忍，我们有些同学并没有考出自己的水平，对自己也不那么满意，但我感觉我们已经尽力了，你们已经尽力了，也可以说没有什么遗憾，起码我感觉我自己能力有限，已经到了尽头。很多事情或许都会有不得已的遗憾，所以我们会看到很多事情是那么的不完美，世上完美的东西太少了甚至可以说没有，这也许是我们高中阶段认识到的最后道理吧。以后大学的路，人生的路，你们或许也会逐渐明白没有完美的东西，要懂得去容纳、去接受，才能继续走好属于自己的路。

我永远不会忘记毕业离去那一天，你们自发组织了一个活动，嘉慧、碧莹、赖婉她们上台领唱，全班合唱歌曲，个个泪流满面、恋恋不舍，同窗情谊，恍如昨日，我的镜头录下了这一幕幕感人情景。还记得那一天，阳光明媚，碧空万里，校园里的那山、那湖、那树，一切都很安好，恰如你们三年前跨进校门那样青青无恙，离别就在这一刻，这一刻最美好，最难忘，就让这一刻永远定格在我们八班人的心里吧。

写这篇文字之前，我再一次翻看了我们的毕业纪念册，看了你们写的毕业留言，当时考虑到篇幅，要求大家只写简短的三十个字，如果当时不限字数肯定可以写得更好，因为每一个字都发自大家真诚的内心。最后，请允许我把这些毕业留言附录在下面，因为要写八班，怎能没有你们，感觉写完了这一篇文字，才算真正毕业了，至少在我自己是这样的。

1号国佳：没有灯背影怎可上路，如没云天空都不觉高。

2号家明：你我都是见证者，见证高中三年，青春的过去，是人生美丽风景。

3号嘉慧：时光可变，世界可变，唯友情不变。谨记一起走过的日子。

4号嘉欣：此班两年，有很多回忆感情的不舍。各自飞翔希望每个人幸福成功。

5号可盈：相聚亦有相离时，昔日回忆便是八班情相连的链条，足够。

6号丽萍：青春有你们才美，滴下的泪、流下的汗会化成晶莹珍珠为青春点缀！

7号碧华：在途中我们欢声笑语，如今各奔东西，让我们永记8班这大家庭。

8号家欣：即使毕业了，也会有相聚的一天。感谢八班带给了我许多美好时光。

9号其杰：庆幸能认识大家，一起度过最美好的时光！

10号霞芬：希望大家考上理想学校，大家都要记得我们高中一起的生活！！！

11号嘉卉：永远不会忘记好朋友！因为大家一起的守护！八班精神会继续下去！

12号绮敏：无论高考还是漫长人生，都坦然勇敢地走下去，将美好高中记念心里。

13号倩怡：朋友仔感情再天真，亦是我永远也会爱惜的人。

14号彩霞：记得曾经与你们度过的欢乐时光，望有机会再重逢。

15号靖雯：蓦然回首，感谢此生有你有你们，言不尽，情还在，庆幸此生来过。

16号绮君：祝同学们、老师们一切安好！有缘再相聚！！！

17号小蓝：即便天各一方，心都一起，永不忘我们的欢笑、团结，美好的青春！

18号晓静：不忘2013，我们一起经历高考美好时光。记住

《狮子山下》、向日葵。

19号欣仪：青春是一本太仓促的书，珍惜一切、青春无悔，我爱高三八班！

20号嘉驹：青春流逝，一切将成过去。

21号碧莹：庆幸与你们一起度过最美好最难忘的日子，来日珍藏这如歌岁月。

22号庆全：这个大家庭，每一天都充满了笑声！

23号赖婉：能相遇便是缘分，缘分永在常联系，不要忘了曾一起奋斗过的岁月。

24号碧雯：展开翅膀，如蝴蝶般自由地飞翔，永远，happiness！

25号超强：希望大家快快乐乐过每一天。

26号灵儿：致无悔之青春！

27号斯敏：过去的点点滴滴都会在钟声响起的一刻结束，把回忆珍藏！

28号雪莹：感谢我的高中有你们参与，感谢八班给我留下一个永不磨灭的回忆。

29号嘉欣：两年稍纵即逝，其乐融融。再见，却定会再见，永不忘曾经的八班。

30号洁静：青春挥洒汗水，那一年我们同为梦想努力拼搏。2013，我们在一起！

31号紫翘：天下无不散之宴席，纵有不舍，依然要快乐地活下去，享受人生。

32号绮珊：暂时的离别是为了更精彩的重逢。再见，我的高中；你好，大学！

33号梓恒：何日功成名就，还乡。醉饮陪伊三万场，不诉神伤。

34号君仪：我和大家在八班相遇，是一种缘分，希望大家都顺利幸福快乐！

35号丽娴：高中三年让我学会成长，让我收获最真挚的友情。难忘这个和睦的大家庭！

36号婉欣：多年后仍记得大家一起笑过拼搏过的岁月，永远是我最美好的回忆。

37号智杰：将八班记在心里，把这份友谊、师生情永远埋在心底的最深处！

38号蔼欣：相遇在高二八班，我们是相亲相爱的一家人，亲们，高考加油哦！

39号家丽："志存高远，自强不息"，感谢实中带给我这么美好的回忆。

40号仲燕：我们大家在高二八班相遇，笑口常开，烦恼全走开。

41号丰华：时光易逝，人生往来数十载；回忆依旧，高中时光永不忘。记得这。

42号映民：大家一起走过的高三，我很高兴。在一起的日子，我也会记住。

43号马玮：两年的时间不长也不短，至少我们一起度过，会记得这个八班。

44号颖梅：希望高考考上，未来充满欢声笑语，也希望友情保持并收获更多。

45号俏霞：无论以后怎样，我都会记得实中，高三八班，以及独一无二的"你"。

46号昌成：感激遇到你们！

47号启辉：是缘分让我们聚在一起，是友谊将我们紧紧相连。

48号美琪：无论过去多少年，都不要忘记可爱的小公主，我会永远记住你们的！

49号敏华：八班见证我们挥洒青春汗水，蕴含我们团结友爱的59颗心。明天更好！

50号利云：有时间聚一聚，常回家看看，即使我们将各奔东西，也要心连心。

51号敏华：流年换颜，时光催人。同志们发出吃奶的力拼人生，下个路口再遇！

52号丽思：把八班的美好时光永远留在记忆的最深处。

53号沛颖：八班，我们这一家。各奔东西以后，记忆还在！

54号郑冰：大家天天开心，在未来的道路能走出属于自己的一片天。

55号敏妍：不足以表达内心之情啊。

56号小媚：两年的时光，转眼即逝！庆幸相遇每一个人。

57号泳欣：又一个毕业季。时间虽短，但记忆永远。

58号嘉仪：人生总有很多离别，面对即将毕业有很多不舍，舍不得实中、八班！

59号浩亮：虽然只在八班待了九个多月，但祝各位前程锦绣。

故乡的孩子

儿童节前夕的一天中午，在广州工作的堂弟发来一张方便面的照片，随后发来语音解释说，他今天中午忘了在饭堂报餐，同事给了一包方便面，看到这个牌子的包装，忽然记起自己小时候第一次吃的方便面是我给的。我一愣：早忘了小时候的事了。他笑呵呵：你当然不记得了，我因为是第一次吃，印象尤其深刻。还说当时我给一群小孩出题，答对者得一小块方便面，他就是那个时候第一次吃到方便面，也是这个牌子。

我的记忆突然被唤醒，虽然怎么想也记不清当时的具体情形，但给一堆小屁孩出题考试还是有点模糊的印象。没想到，那个时候的我已初露好为人师的端倪了，而且还懂得用方便面作为物质奖励激励他们动脑筋回答问题，至于问的是什么，我就更加不记得了。要知道，堂弟只比我小四岁，我给他们那样一群小孩出题玩游戏，他第一次吃方便面，得是多少年前的事啊。

现在想想，除了大伯家的堂兄堂姐因大伯常年工作都在外面，我跟这些叔叔家的孩子走得比较近，大家都是在乡下长大，有着共同的出身和成长历程——小学一般在村里读，长大后到镇上、县城里读书，然后有的走得更远，比如堂弟和我。在这些兄弟姐妹中，除了大伯家的，我是年龄最大的，如果说对他们的成长有一些影响的话，那就是自己读书成绩一直比较好，从小学、初中、高中直至大学，都是亲戚们口中经常提及读书的榜样。虽然自己现在想来实在是名不副实的，因为自己还是不够努力，算不上一个读书的种子，最多是一个规规矩矩的为考试而读书的普通学生而已，只是自己的运气也比较好罢了。

我们这几家，可以追溯知道的祖上都不是读书人，世代务农，这样的家庭家境恐怕也是以前中国大多数普通家庭的缩影。毕竟中国社会以农民为多，大多数人没有条件读书，文化水平不高，甚至目不识丁的大有人在，这些也不必为亲者讳。以前的农村农民家庭，靠体力靠天吃饭，即使勤俭持家偶有余财，一遇到战乱和灾难，也多堕入贫困潦倒，甚至家破人亡。小时候，曾听祖母不止一次讲过曾祖父母因饿饭天未黑而早睡的故事。邻人挑（井）水路过，见屋里静悄悄，便顺口问了句："吃过晚饭了吗?"曾祖父答曰："食饱无事，早寝了。"一旁的曾祖母反驳道："哪有饭吃，饿了就早早躺下了。"好心的邻居便回去拿了几条番薯过来，真是雪中送炭，这几条番薯对于正受辘辘饥肠煎熬的全家几口人真是救急救命之物。虽然我们小时候家里也并不富有，但祖母口中这样的穷困乃至濒临崩溃边缘，真令我们后辈难以置信。家境如此，祖父的一个兄弟年纪很小就去当兵参加革命，早早牺牲了，后来被追授为革命烈士，我们家每到过年之时便都有政府部门发的"光荣之家"门牌。过年有这样免费的门牌可贴，我的印象非常深刻。门牌后面的故事我也是后来才知道的。

到了父亲这一辈，他们虽然已是新中国成立后几年生人，但是家庭条件仍然不太好，父亲读至初一就辍学了，我也至今没有问过父亲为何没有继续念书。不过，父亲的字写得比我好，他的钢笔字刚劲有力。读大学的头一两年，因家里还没有电话，我时常写信回家，收到的家书便是父亲回复的，与父亲的字相比，自己的字十分幼稚，真是令我汗颜。无奈，字如其人，性情如此，无论我怎么用心练字，始终不如父亲的字得体有力，挥洒自如。

　　父母除了种田，还靠手艺做点东西，此外主要就是养猪了，养的不是那种可供屠宰的成年大猪，而是买来小猪仔养几个月长大些再卖，赚的是市场差价和辛苦钱，我们兄弟的学费主要就是靠卖猪得来的钱。每到开学前要交学费了，父亲就要计算一下卖多少头猪，好筹集足够的学费。那个时候买卖要靠中间人，也就是介绍人，本地人称之为"中人"，如果那段时间没有猪贩来村里，他便要提前跟熟识的中人打声招呼，好让他带人来买，而猪贩基本是来自邻近的潮汕地区。这样靠养猪卖猪赚学费的方式一直到我读完高中。直到我远离家乡到外地读大学，二弟已经在省城读中专，小弟上初中，费用就更大了，光靠卖猪的钱已远远不够，就只能跟亲戚朋友先借钱周济一下，之后再想办法。这样有点拮据的家庭状况，一直到二弟和我先后出来工作，家境才逐渐转好。在当地农村，像我们家这样的经济状况还算一般，只要孩子自己想努力读好书，父母一般都会尽力供读到底。反倒是家境特别好或者特别贫困的孩子，一般不大好好读书，或者说读书不太用功，因为他们一般没有特别强烈的意识，想通过读书这条路从农村跳出来，虽然这多少还有点像古代科举制度一样，但通过读书考试，尤其是高考这种途径来争取改变自己的人生道路还是比较公平的，尤其是对农村的孩子。

　　不管世人如何争论读书有用无用，寒门难出贵子，对于世代生活在农村的孩子，读书至少也还是一条比较好选择的道路吧。如果没有努力读书，靠读书跳出了农门，我便跟自己很多儿时伙伴一样现在还停留在原地，过着跟祖祖辈辈一样的生活，当然，生活的道路本来就很多，无所谓好与不好，这又是一言难尽的话题了。家里经济条件很好的孩子由于生活比较富足，读书也就没什么动力；家里特别贫困的孩子衣食没有保障，整天都要在家里和地里忙活，有时候连学费都交不起，哪有心思静下来好好读书？这都是我当时观察到的一般情况，当然，也有很多例外的，这都跟家庭的影响和个人的努力分不开。当时我家家境一般，父母供我们读书既有很大压力，却也不至于完全供不起，只要我们好好念书，还能看得到一些希望，便会竭尽所能供我们读书。他们虽然没有说过什么豪言壮语，却也曾经表示只要我们自己考得上，无论如何都不会让我们没书读。或许也还说过，只要考得上，借钱，借不到钱，卖田地卖房子也在所不惜。那些同样辛苦供孩子读书的乡民也说过这样的话。

而我们兄弟自小生活在农村，深知农活之苦，农民之辛苦，家里又没有更好的出路，摆在个人前面的路都是可见的。不读书便会重蹈覆辙，跟祖辈们一样没有文化，难以有更好的生活。这些都是很现实的问题。为了有更好的生活，谋求人生更好的出路，好好读书便是一条正途。另外，其实大伯也是我们读书走出农村的推动力。大伯虽然不是靠读书而是当兵出身，但后来有正式的工作，也有一官半职，用今天的话来说是公务员、国家干部，住在城里，不再是农民，不可否认，他对于我们至少对我自己有一种潜移默化的影响。

现在回想，自己儿时其实也是挺调皮捣蛋的，并不是天生就是乖乖听话懂事的孩子。乡村大街小巷，祠堂内外，稻田菜地，鱼塘竹林，溪边草地，大堤河滩，到处都有自己和玩伴留下的足迹和破坏的痕迹，这些也都是儿时美好的记忆。只是父母管教比较严，记忆中没少挨母亲的打，如果要父亲出手，说明所犯错误应该是很严重的了。慢慢地，乡间的野孩子，野性和破坏性随着上学成长逐渐收敛起来，最终变成了一个算是比较乖的孩子，能认真读书，尽管家里也没书可读。后来一些玩伴也逐渐上学而分开，加上自己性格也比较内向，一般也不至于坐不下来读书。由于一开始自己读书还算用功，成绩也不赖，故一直比较顺利，没受什么挫折，而且还比较享受学习的乐趣，也就更愿意去努力了。弟弟和堂弟他们，尤其是年龄跟我比较接近的几个，自然跟我来往接触得比较多，多少受到我的一些影响，包括跟我借书，问我一些问题，我也会把自己的看法和经验跟他们分享。比如我自己英语就学得比较好，到他们开始学英语的时候我就会提醒他们，英语一开始没有打好基础，后面就会学得很吃力而且也很难学得好了，男生尤其如此，故此他们都很重视英语的学习，英语也都很好，广州的堂弟学的是国际贸易，毕业后更是从事外贸工作至今。受我的一点点直接或间接影响，加上他们自身的努力，他们几个学习成绩都还不错，先后顺利考上大学。当年由于家里负担比较重，到了二弟中考的时候，他便选择了中专这条路，为的就是想着早点出来工作以减轻家里的压力。其实，当时的中专报考难度绝不亚于大学，我犹记得他报考的专业全市才有两个名额。很幸运，他考上了。大学的梦也在工作之后再去圆了。而那些更年幼的堂弟堂妹，由于我外出读大学和工作，接触就比较少，说不上有什么直接影响了。

　　堂弟一包方便面，触动到我的内心深处，唤起了我对年少往事的回忆、对故乡的回忆。故乡对一个人早期的影响和塑造，是非常重要而深刻的。无论我们离开故乡、离开童年多远、多久，只要你轻轻唤醒沉睡中的记忆，它便汹涌而来，直至将你淹没。

写这样的文章，我才得以获得一点点的自我救赎。

童年的故乡，我最熟悉的树竟然是苦楝树。跟多林木的山村不同，平地上的尤其是近河的乡村原野、鱼塘、河滩、大堤，到处可见苦楝树那平凡的身影，这是南方乡村一个普通的树种，南方湿润的气候令其到处蓬勃生长，因而木质并不坚硬，用途也不大，实在是普普通通的乡野之树。苦楝树、苦楝花、苦楝子，伴随着我的童年少年时代，即使多年后仍时时伸入到我的梦里来。

故乡的北河，自北向南，汇入潮汕平原的榕江，最终流向浩瀚的南海。虽然在粤东山区，但故乡地处平原，我自小对山还是很不熟悉的，只是开门开窗即可见山罢了。故乡记忆中最深刻的，毫无疑问，应是北河，还有苦楝树。作为故乡的孩子，我们都曾经是北河堤上一棵普通的苦楝树，甚至连这都算不上，对于我们这些离开了故乡的人来说，那只能是梦中的想象和渴望。

后　记

出这样一本书，既是意料之外，也属情理之中。一是自己从没想过，会以这样的方式结集成一本书，可谓大杂烩，但也始终围绕着自己对教育的思索来展开，如果要给本书加一个副标题的话，那便是"我的教思录"。二是本书所有文章一以贯之的仿似若隐若现的主线，也是写本书的目的，我作为一名教师所努力想做的——追寻教育的幸福。这也是本书的书名，可能有些大而不当，但却是自己内心真诚的想法。

本书的文章，近一半曾发表过，也有一些可能不太适合公开发表，但收在这里面既有敝帚自珍的意思，也是我对过去所经历教育的心路历程的审视。最早的文章发表于 2002 年，如此看来，这本书可谓写得久矣，虽然也是时断时续。

需要感谢的人有很多很多，感谢我的大学恩师迟老师和师母李老师，迟老师在我最迷惘的时候亲笔写信鼓励我，感谢我的忘年交细明伯，感谢黄佳锐、李淳老师，也要感谢我的学生们，没有他们也不会有今天作为教师的我。感谢我的亲朋好友，感谢我的老师、同学和同事，感恩相遇，他们中很多人对我影响很大。

最后要感谢的是我的爱人，没有她的陪伴、理解和支持，也不会有这本书。

后记或许也是可有可无的。但人到中年，作为一个中年教师，我比以往更觉得，经历即是人生。追寻教育的幸福，虽不能至，也谈何容易，但经历过、追寻过，也就足够了。